BELLEVILLE
SHANGHAI EXPRESS

DU MÊME AUTEUR

Vies d'Andy, Le Serpent à Plumes, 2010
Étranger au paradis, Buchet/Chastel, 2006
Un monde parfait, Buchet/Chastel, 2005
Mille amertumes, Buchet/Chastel, 2003

Site Internet de l'auteur :
philippe-lafitte.iggybook.com

À Hélène V.
À Louise et à Simon.

« Hélas ! Faut-il que l'amour,
si doux en apparence,
soit si tyrannique et si cruel à l'épreuve ! »

William SHAKESPEARE

« Les morts ont un passeport très spécial.
Ils vont où ils veulent.

James Lee BURKE

1

Ils étaient trois. Trois silhouettes adossées aux barrières, à l'angle du carrefour de Belleville, Jef, Karim et Vincent, des jeunes à l'air goguenard sauf le troisième, un métis asiatique au teint pâle, cheveux châtains plutôt que noir jais. Lui parlait avec ferveur.

Vincent tendit aux deux autres un boîtier compact et ils se passèrent l'appareil photo de main en main. Autour d'eux la rue explosait, fumait, crissait et pétaradait en échos crépitant sur les vitrines des commerces, bondissant sur les verrières des cafés, vibrant sur le dos des piétons. Un samedi ordinaire dans la foule de Belleville.

« Tu vois la pastille rouge, là ? C'est un Leica. Le même qu'utilisait Cartier-Bresson. »

Il reprit le boîtier avec précaution, vérifia une dernière fois la visée avant de le glisser dans un petit sac à dos. Depuis qu'il s'adonnait à la photographie, un an à peine, Vincent était devenu incollable sur le nom de ceux qui, avant lui, avaient mitraillé les rues des villes comme s'ils étaient en guerre. Cartier-Bresson, Capa,

Doisneau. Chasseurs d'images obstinés à arrêter le temps. Snipers d'âmes sensibles. Elliott Erwitt, Willy Ronis. Tueurs de hasard à balles photographiques. Très vite il découvrit puis apprit à connaître Diane Arbus, Boubat, Eggleston. Enfin Nan Goldin et ses portraits désenchantés, Lorca diCorcia et ses passants illuminés de flashs aléatoires.

En moins d'un an Vincent avait tout absorbé, englouti des milliers d'images pour mieux relancer sa soif, voler des milliers d'instants et sillonner sans relâche un quartier dont il connaissait chaque recoin, chaque ruelle, la moindre arrière-cour pisseuse.

Maintenant qu'il avait arrêté ses études – dont une troisième année de droit particulièrement désastreuse –, il ne faisait plus que ça. Après des journées entières dans les rues de Belleville, il rapportait sa récolte numérique dans le minuscule studio qu'il louait rue Denoyez, coincé au deuxième étage entre un marchand de vins et un pressing à la façade couverte de graffitis.

Ivre de fatigue, il rentrait dans l'ordinateur cette nouvelle mémoire du jour, regardait la barre de chargement s'allonger et agréger lentement les clichés inédits à des centaines d'autres. Garder des traces de vie. Rattraper le temps perdu. Il ferait le tri plus tard. Puis il s'écroulait sur le lit qui occupait une moitié de la pièce, s'endormait une heure ou deux pour se réveiller en fin de journée, encore pâteux. Deux ou trois fois par semaine, il partait travailler comme serveur en extra dans le restaurant de son oncle, plus bas sur le boulevard, et cette activité maintenait pour l'instant l'équilibre précaire de ce curieux fardeau, fait d'un sentiment contradictoire de liberté nouvelle et de culpabilité tenace. Il avait quitté depuis neuf mois l'appartement qu'il partageait avec Marie-Paule, sa mère. Maintenant, il fallait qu'il se passe *réellement* quelque chose.

« Vince ! Le clodo, là, à ta droite. » Karim désignait du bout de sa cigarette la forme écarlate recroquevillée sur un banc à double siège. Vincent regardait sans rien dire la silhouette. Autour de lui la ville continuait de grésiller, d'assembler les piétons, les enseignes, les voitures comme autant d'électrons libres.

« File-moi ton appareil, je vais la faire, ta photo. » Karim en rajoutait toujours et à leurs côtés, Jef, assis en équilibre sur un scooter, les mains coincées dans son blouson, les regardait avec un petit sourire ironique.

« Tu l'as déjà vu prêter son matos ?

— Et alors, moi aussi je peux faire le photographe », dit Karim en essayant de saisir le boîtier que Vincent ressortait du sac à dos, les yeux fixés sur le clochard endormi.

« Il ne prête jamais *son* Leica », conclut Jef, et ils regardèrent Vincent s'agenouiller à trois pas du banc.

Le clochard portait un K-Way rouge vif et un pantalon de treillis ; d'un bras il formait un coussin sous sa tête, de l'autre il entourait une cannette de bière au fût noir marqué de lettres d'or. Guinness. Assis tout contre lui – comme s'il le protégeait –, un vieillard chinois fumait, concentré sur la circulation du boulevard. Une Pietà d'aujourd'hui.

Vincent recadra sur la gauche et déclencha. Forme rouge vif sur banc vert, cannette lisse et noire, vieillard bistre et ridé ; arrière-plan flou, halos lumineux d'une vitrine. Fraction de mémoire d'un temps de crise. Un cliché correct. Au bruit du déclencheur le vieux Chinois leva la tête, reconnut Vincent et le salua du menton. Tout le monde se connaissait à Belleville.

Un portable sonna dans une poche, Vincent décrocha. C'était Marie-Paule.

« Dao, elle s'est encore perdue », dit-elle et sa voix était oppressée, comme bloquée dans un souffle.

« Les urgences de Maison-Blanche viennent de m'appeler. »

Vincent connaissait la suite.

« Je ne peux vraiment pas y aller, Vincent.

— Je sais, Maman. Je m'en occupe. »

Karim tentait de lui arracher l'appareil des mains et Jef lui plongea le coude dans les côtes.

« C'est le coup de feu au restaurant, tu sais.

— Ne t'inquiète pas.

— Rappelle-moi quand tu arrives. »

Pendant que Vincent tentait de s'isoler du bruit, les deux autres jouaient leur habituel numéro d'insultes.

« Vincent, reprit la voix dans le combiné. Tu dînes à la maison, demain soir ? »

Toujours le même ton oppressé. Vincent regardait ses deux compères se chicaner près du banc où le clochard s'était redressé, serrant sa cannette contre lui. Le vieux Chinois les observait, aspirant les dernières bouffées de son mégot. Cadrant au jugé, Vincent déclencha le Leica, son portable coincé contre l'oreille.

« Ça fait une semaine que je ne t'ai pas vu », reprit la voix inquiète. Elle hésita.

« Tu es toujours chez toi, ici, Vincent.

— Je sais, Maman – un silence. Je te laisse, il faut que j'y aille. »

Vincent raccrocha, avisa la bouche de métro où s'engouffrait la foule, à deux pas. Le centre hospitalier de Maison-Blanche était distant d'une station. Il réajusta le sac à dos et fit signe à Jef et Karim.

« On se voit demain en fin de journée, il faut que je file.

— Pas de problème, mec, dit Karim qui s'était assis près du clochard. On se retrouve chez Nasser, pour l'apéro. »

Vincent dévala les marches à petites foulées, slaloma entre les gens qui piétinaient dans les couloirs. Il entendit la sirène du wagon au loin, se mit à courir, accéléra, heurta de plein fouet un des agents de la RATP qui formaient un cordon de contrôle à l'angle du couloir, jura sous le choc et plongea dans les bras des autres. Derrière, deux gardiens de la paix encadraient la manœuvre et resserraient leur étreinte sur le petit groupe.

« Titre de transport », demanda le premier, le plus jeune, visiblement le plus gradé.

Vincent reprit son sac et une main lui saisit le poignet.

« T'as quoi, là-dedans ? interrogea le second, un quadragénaire roux aux joues violacées. Ça a l'air lourd...

— Ça ne vous gêne pas de me tutoyer ?

— Tu vas commencer par te tenir tranquille, lança le rouquin en ouvrant brusquement le sac.

— Putain mais... il y a mon appareil photo dedans !

— L'objet vous appartient ? » demanda le jeune gradé.

Les agents de sécurité regardaient la scène, deux pas en arrière ; l'un d'eux esquissait une grimace, un autre réajustait son *tonfa*. Vincent imagina un instant le cliché au grand-angle, les silhouettes en arc de cercle, l'éclairage blafard au néon, la perspective de carreaux blancs en arrière-plan. Grande ouverture de champ pour luminosité maximale.

« T'es sourd ? grogna le rouquin, sans lâcher le bras de Vincent. Le monsieur te demande si tu as les papiers de l'appareil. »

Autour d'eux les voyageurs continuaient d'affluer, un ou deux ralentirent au passage, attentifs à un début d'esclandre. Trois mètres plus loin, les agents de la RATP avaient repris leur contrôle.

« Tu parles français, au moins ?

— Autant que je t'emmerde, dit Vincent dans un murmure en même temps qu'il se tordait pour libérer son bras.

— Tu dis quoi, petit con, tu dis QUOI, aboya le rouquin pendant que le gradé fouillait dans le sac.

— Ses papiers ont l'air en règle, carte d'identité plus titre de transport. » Sans regarder Vincent il ajouta : « Vous allez nous suivre au poste.

— Qu'est-ce que j'ai fait, merde ! » Vincent avait crié et le dernier mot sembla ricocher en écho désagréable sur les carreaux du couloir.

« Vous n'avez pas les papiers de l'appareil, semble-t-il. » Le gradé hésitait à polémiquer, tandis que son collègue maintenait le garçon à deux bras. Vincent fulminait à voix basse.

« Qu'est-ce que j'ai fait à part être aussi français que vous ? Vous aimez emmerder les Jaunes, c'est ça ! »

Plusieurs personnes s'étaient arrêtées, une petite vieille asiatique s'approcha et tendit l'oreille.

« Je vais te foutre un outrage à agent, mon salaud, grogna le subalterne en avisant son collègue.

— A voir vos papiers, vous êtes du quartier. Vous devez savoir que le commissariat est à cinq minutes, continua le gradé. Suivez-nous. » Le flic regardait Vincent, blême de colère rentrée. A cet instant, il aurait déjà dû être au chevet de Dao.

Le gradé évaluait la situation, d'un côté un probable étudiant, de l'autre un collègue qui ne savait pas se tenir et avait insulté le jeune homme deux fois, devant témoins. Il fit signe au rouquin de relâcher la pression. « Simple formalité. »

Ils encadrèrent Vincent de près sans le menotter jusqu'à la sortie. La petite vieille ne bougeait toujours pas. Un vague attroupement se délitait, que les agents de sécurité s'efforçaient mollement de faire circuler. Ce n'était plus leur affaire, le crachotis des talkies-walkies accrochés à leur ceinture reprenait déjà. Pendant que le trio disparaissait au bout du couloir, un des agents se pencha vers l'autre, sur le ton de la confidence.

« Encore une banane, mon vieux. Jaune à l'extérieur, blanc dedans. Une putain de banane. Y a plus que ça dans le quartier. »

2

Le commissariat de quartier était un ancien garage restauré, tout en longueur, repeint d'un gris mat prolongeant la teinte de la chaussée sur deux étages. La voiture de brigade ralentit devant les places occupées et les deux collègues stoppèrent en double file. Le flic roux alluma le gyrophare et ils laissèrent le véhicule sur place, entraînant Vincent vers la porte d'entrée. Les bureaux donnaient directement sur la rue, dissimulés derrière des vitres sans tain. Au bout du couloir, le jeune gradé frappa à une porte au vitrage opaque ; le rouquin plaisantait déjà avec ses homologues assis derrière des ordinateurs. Une voix un peu aigre les pria d'entrer et le gradé déposa les papiers et le Leica de Vincent sur le bureau avant de s'éclipser.

« Asseyez-vous, j'en ai pour une minute », dit la femme, une blonde menue à frange et cheveux courts, le nez plongé dans ses paperasses. Elle continuait de parapher des documents sans relever la tête ; elle avait les mains soignées, les ongles courts mais manucurés et Vincent remarqua qu'elle portait à l'annulaire une alliance avec un petit brillant. Elle posa son stylo, leva les yeux et regarda le garçon sans rien dire.

Anaïs Benoit avait la trentaine serrée dans une tenue stricte. Le commissariat de quartier de Belleville était son premier poste effectif de lieutenant de police ; elle avait sous ses ordres cinq gardiens de la paix et deux brigadiers dont un qui aurait pu être son père. Arrivée depuis six mois, elle s'acquittait de sa tâche avec concentration, chacun de ses gestes semblait mesuré, presque retenu, et c'est avec soin qu'elle rangea le dossier achevé sur une pile à sa gauche, avant de poser son stylo devant elle, parallèle au bureau.

« Vous avez fait l'objet d'un contrôle de vérification d'identité à la station Belleville, à 14 heures 10 », égrena-t-elle d'une voix neutre. Elle saisit la carte d'identité et lut : « Vincent Chêne, c'est bien ça ? Vous êtes – elle leva les yeux, hésita – ... vous êtes d'origine...

— Viet par mon père. Nom francisé. Ma mère est française, je suis né à Belleville. Bref, je suis français. Comme vous, j'imagine.

— Oui... »

Elle attendait une autre explication mais Vincent ne broncha pas. Elle posa la carte d'identité d'un geste brusque, comme si elle finissait une partie de poker. Les reflets du soleil dans une vitre renvoyaient une tache intense qui vibrait dans ses yeux, noyés de lumière.

« Vous faites quoi, dans la vie, monsieur Chêne ?

— Je suis étudiant, étudiant en droit. »

Elle déplaça du bout des doigts le boîtier, de façon à ce qu'il soit parallèle au stylo.

« Et vous aimez la photographie, visiblement.

— C'est bien ça. »

On frappa à la porte et le jeune gradé tendit à la femme une chemise en carton avant de sortir : « On retourne rue des Pyrénées, avec l'unité de quartier. On est sur le serrage d'hier.

— Tu me laisses Bernard en poste, s'il te plaît. » Elle avait pris un ton plus grave, plus sec, le gradé acquiesça et disparut dans le couloir. Elle feuilletait la chemise, reprit ses questions mesurées.

« Vous résidez rue Denoyez, c'est ça ? – un sourire crispé. On est voisins, alors.

— C'est ça.

— Je vois aussi qu'on vous connaît – elle hésita en parcourant une page du dossier – pour une altercation sur la voie publique. Bagarre nocturne. »

Vincent ne releva pas. Il y a cinq ans, il avait un peu amoché le client d'une brasserie qui le bousculait au moment délicat de la fermeture et des derniers soiffards. L'alcool aidant, le ton était monté, les premières intimidations bruyantes, un geste agressif mais maladroit ; Vincent avait riposté, un coup sec sur la pommette suivi d'un balayage rapide. Le client avait chuté lourdement, heurté le bitume de la tête puis porté plainte à l'arrivée d'une brigade de nuit. Vincent avait dix-huit ans depuis un mois et la plainte était restée inscrite au fichier informatique. De l'histoire ancienne.

La jeune lieutenante se pencha sur le dernier feuillet.

« Vous êtes en location. J'imagine que vous avez de quoi justifier le paiement du loyer ?

— J'ai un job d'appoint dans la restauration. Serveur, le soir.

— Et vous faites de la photographie. » Elle désigna le Leica. « Quel genre de photos ?

— Du reportage... Les gens. Les rues. Tout ce qui me semble digne d'intérêt.

— Vous devez être très occupé. Je veux dire, les études, le travail d'appoint, la photo... »

Vincent commençait à s'impatienter. Sa jambe droite s'agitait contre la chaise, il pensait à Dao. Il hésita à chercher son portable dans son sac, s'étonna qu'il n'ait pas sonné, se rappela qu'il l'avait programmé en mode vibreur avant de prendre le métro.

« Ecoutez, j'avais un rendez-vous important au moment du... enfin, dans le métro.

— Oui, vous êtes très occupé », répéta-t-elle avec obstination et Vincent ressentit soudain une bouffée de haine pour cette fonctionnaire déterminée à le cuisiner pour un oui ou pour un non. Il la dévisagea avec une expression de mépris qu'il ne put réprimer.

« Très bel appareil, reprit-elle. Ça doit coûter une petite fortune. » Elle le fixait d'un air neutre, le Leica dans la main. « J'imagine que vous avez la facture ?

— Sûrement chez moi mais là, il faudrait que je...

— Vous avez vingt-quatre heures pour la rapporter. »

Il lui sembla qu'elle le regardait de manière à lui faire avouer quelque chose. Comme s'il était *déjà* coupable. Contre sa jambe, le sac à dos se mit à vibrer.

« Ecoutez, il faut vraiment que j'aille à ce rendez-vous...

— Je comprends, monsieur Chêne. Vous savez, nous n'avons pas pour vocation de contrarier les honnêtes gens. » La tirade républicaine, maintenant. Vincent était à cran et le portable continuait de vibrer.

« Nous n'avons rien contre la jeunesse qui... » Elle cherchait ses mots. « Contre les jeunes issus de... des quartiers, enfin...

— Oui, bien sûr, que vous n'avez rien contre toutes ces faces de citron, conclut Vincent.

— Pardon ? »

Les joues de la jeune lieutenante de police s'étaient couvertes de taches rosacées, comme celles d'une adolescente confuse.

« Vous préférez peut-être les bananes ? » demanda lentement Vincent qui sentait la colère se débonder en sourdine. Il en rajouta, puisque la confusion avait changé de camp.

« Les bananes. C'est comme ça qu'on nous surnomme. Jaunes à l'extérieur, blancs dedans. Des Gaulois à tête de Chinois. »

La jeune lieutenante s'était levée et Vincent constata qu'elle faisait une bonne tête de moins que lui. Elle lui tendit le Leica.

« Reprenez vos papiers, je vous raccompagne. »

Elle le précédait dans le couloir et Vincent détailla ses fesses, serrées dans un pantalon à pinces, ses talons qui martelaient le lino, sa démarche de petit soldat déterminé. A part une ou deux silhouettes, les bureaux sans cloisons étaient vides. Il regarda la grosse pendule fixée au-dessus de la porte d'entrée. 15 heures 20. Marie-Paule devait être aux urgences, au chevet de Dao.

« Je compte sur vous, pour la facture justificative. Vous avez vingt-quatre heures – une hésitation. Nous gardons vos coordonnées téléphoniques. »

Anaïs Benoit s'était retournée brusquement pour lui tendre la main avec un sourire crispé. Sa poigne était froide et un peu moite. Par défi, Vincent garda un instant sa main dans la sienne.

« Vous ne seriez pas normande ?

— Pourquoi vous me demandez ça ? »

Elle avait retiré sa main et clignait des yeux, de beaux yeux clairs, gênés par la lumière.

« Ma mère est normande. Elle est blonde, comme vous. »

Sur le pas de la porte, elle hésita un instant alors qu'il s'éloignait.

« Bon reportage », lança-t-elle maladroitement. Elle referma la porte avant qu'il se retourne.

Dehors Vincent consultait son portable. Trois messages de Marie-Paule. La vie comme une perpétuelle justification, une série d'excuses involontaires. Une succession d'alibis et de bordereaux administratifs.

Il recula d'une enjambée sur la rue, cadra la façade grise, tendit l'autre bras devant l'objectif et plaça son majeur dressé au centre de la photo. En se retournant, il se souvint que les vitres du commissariat étaient sans tain.

3

Quand Vincent franchit les portes du restaurant ce même soir, il savait que Qiang, son oncle paternel, n'aurait pas le sourire qu'affichait le bouddha ventru posé sur le perron, en signe de bienvenue.

Vincent avait appelé Marie-Paule juste après l'incident du commissariat pour la rejoindre aux urgences mais la conversation s'était réduite à un « Je m'en occupe » déçu, qui avait accentué son sentiment d'injustice. Il traîna un peu sur le boulevard, remonta vers les hauts de Belleville, prit des clichés de chats faméliques juchés sur des appuis de fenêtre, une vue panoramique de Paris, quelques rues en perspective mais il n'avait pas la tête à ça. Puis Marie-Paule avait rappelé. Il pouvait encore se rendre utile.

Il regagna la ligne de métro menant au petit deux-pièces qu'occupait Dao, rue de Romainville, et le trajet qui passait tout près du centre hospitalier réveilla son malaise. Sur les instructions de Marie-Paule, il réunit quelques affaires pour permettre à Dao de passer une nuit en observation. La fin de journée s'était transformée en allers et retours entre les différentes adresses, et quand Vincent retrouva son studio, il s'écroula sur le lit sans même prendre une douche. Lorsqu'il se réveilla, il avait une demi-heure de retard sur son service.

Le restaurant Chez Qiang était situé à l'angle des deux rues adjacentes au boulevard de Belleville, près du métro Couronnes. En plus du bouddha qui trônait sur le seuil, Qiang avait fait bâtir un toit en pagode de tuiles vertes, soutenu par deux colonnes de bois couleur ébène; une large porte d'entrée gravée d'idéogrammes achevait de donner à la façade un aspect traditionnel susceptible d'attirer les touristes, de plus en plus nombreux dans le quartier. L'intérieur était ordinaire, une vaste salle aux murs vert pâle, éclairée d'un néon central, quelques appliques pour rééquilibrer la lumière blafarde, un long bar d'où l'oncle de Vincent dirigeait le service d'un air excédé par la supposée nonchalance des serveurs. Pour le reste, les investissements de Qiang se bornaient à quelques lanternes défraîchies à tête de dragon qui rougeoyaient par intermittences au-dessus du comptoir. Rien n'avait changé depuis vingt ans, et pourtant le restaurant de Qiang ne désemplissait pas, surtout en fin de semaine quand les clients, pour la plupart des familles du quartier, investissaient coude à coude la vingtaine de tablées dans un brouhaha fébrile. Le tourisme pouvait attendre.

« Tu me refais ça une fois et tu vas chercher ton solde tout de suite. » Luisant de sueur, Qiang trépignait près de la porte des cuisines, empilant des plats sur les bras d'un commis muet de terreur.

« C'est Dao. Il y a eu un problème, hasarda Vincent.

— Je sais. J'ai eu ta mère au téléphone.

— Dao va rester à la clinique pour la nuit.

— C'est une raison pour débarquer à 22 heures, en plein coup de feu ?

— J'ai dû aller chercher des affaires chez elle.

— Faut pas trois heures pour ça – Qiang était écarlate. La prochaine fois, je te vire. »

Il s'extirpa d'un tablier à motifs chinois qu'il jeta au visage de Vincent avant de rejoindre la caisse, à l'angle du comptoir.

« La commande de la douze est prête, lança-t-il en reprenant ses comptes. Après, tu t'occupes de l'arrière-salle. »

Vincent fonça en cuisine où s'échinaient deux cuistots sri-lankais submergés par les jets de vapeur, les fumerolles jaillissants des woks. Il débarrassa les mains chargées d'assiettes du commis affolé, jeta la pile dans l'évier, arracha la commande fixée aux montants du passe-plats ; en un instant il avait retrouvé ses marques et les gestes machinaux qui permettent d'agir vite sans pensées parasites.

Il zigzagua entre les tables, déposa devant une famille nombreuse un assortiment de raviolis en beignets, du poulet Sichuan et des crevettes pékinoises, servant avec habileté et bonne humeur, attentif à ne pas tacher les manches de sa chemise blanche. Il revenait des cuisines avec une sélection de desserts pour la table huit quand il entendit, par-dessus le tumulte des conversations, le chant d'une voix flûtée à travers les épais rideaux rouges qui séparaient l'établissement en deux parties distinctes.

L'arrière-salle permettait d'accueillir plusieurs grandes tablées familiales et l'oncle de Vincent avait eu très vite l'idée d'en faire un « salon privé », source de revenus complémentaire, abondante et régulière ; banquets familiaux le week-end, séminaires et repas d'affaires la semaine, depuis longtemps le lieu rapportait plus que le restaurant traditionnel. Qiang y avait fait installer un immense écran plat qui servait à projeter des films, des comptes rendus de conférence, mais surtout à la distraction la plus courue des familles chinoises de Belleville : le karaoké.

Vincent détailla la commande où était griffonné le nom du destinataire, et à voir la liste de plats déjà consommés, ce devait être un événement familial important.

« Tu attends quoi pour débarrasser ? Que le homard ressuscite ? » Qiang souffla son haleine aigre sur l'épaule de Vincent puis il se retourna pour apostropher un autre serveur.

« Je ne suis pas sûr qu'ils aient fini, souffla Vincent en pointant la commande. C'est normal les crevettes sautées, juste après ?

— Si on te demande, tu diras que tu sais pas. Le mieux serait de se taire et de se bouger. Alors, bouge !

— C'est bon, avec le nombre de bières déjà commandées, ils peuvent patienter dix secondes, non ? »

Des cris, des rires et des applaudissements éclataient derrière les rideaux, on entendait les pieds de chaise crisser et tinter les verres depuis le comptoir ; dans la salle principale, quelques têtes amusées se retournèrent. Concentré sur sa caisse, Qiang marmonnait sans regarder Vincent.

« Qu'est-ce que vous avez tous à poser des questions ? C'est toujours la même chose, avec vous autres... »

C'était reparti. Un des cuistots fit glisser un long plat de crevettes fumantes en direction de Vincent qui le cala sur son bras et reprit sa course entre les tables. Quand il poussa les rideaux, elle se tenait de dos et esquissait un salut à l'assemblée en réajustant son micro.

Elle portait une robe très ajustée à la taille, un fourreau de satin rouge souligné de motifs noirs et dorés. Quand elle pivota – la tête légèrement penchée –, il put voir sa poitrine se soulever comme après une course éperdue, ses lèvres entrouvertes sur un sourire radieux, et quelques cheveux collés sur sa tempe qu'elle dégagea avant de se retourner. Alors que leurs regards se croisaient, Vincent remarqua une goutte de sueur glisser le long du cou de la jeune fille et, au même instant, il sentit, sous sa chemise, le trajet d'une goutte jumelle s'écraser entre ses omoplates. La musique reprit et la fille en fourreau de satin se retourna face à l'assemblée pendant que Vincent avançait, son plateau fumant sur le bras. Il eut l'impression fugace de faire machine arrière, comme si sa conscience prenait le chemin opposé de ses jambes, mais il déposait déjà le plat au centre d'une table en « U », entourée d'une bonne douzaine de convives bruyants et hilares. Dans son dos il entendit la fille reprendre une curieuse version d'un standard international de blues mêlé d'instrumentaux chinois. En se penchant sur la table, il sentit sa chemise coller contre sa peau et une fraction de seconde il imagina deux amandes noires détailler la tache de sueur qui s'étalait maintenant dans son dos comme un papillon de honte aux ailes déployées. Quand il releva la tête, un homme massif aux cheveux drus, tiré à quatre épingles, le regardait faire.

Xiao Sheng Li avait la soixantaine trapue qu'une pratique chaotique de la musculation en salle n'arrivait pas à corriger. Connu dans tout Belleville et au-delà du périphérique comme « Monsieur Li », il correspondait au modèle du businessman chinois, installé en France depuis près de trente ans. Suite à l'ouverture économique promulguée par Deng Xiaoping au début des années 80, ce fils de paysan du Zhejiang chassé par la misère avait réussi, à force de ténacité, à devenir une figure respectée, enviée et parfois redoutée au sein de la diaspora chinoise parisienne. Propriétaire de plusieurs restaurants à Belleville, il s'était lancé dans l'immobilier commercial puis, fort logiquement, dans l'import-export avec la Chine où il avait gardé de précieux contacts. A soixante ans, il était un homme riche, puissant et tenait à le faire savoir. Les costumes sur mesure à fines rayures, les chemises de soie et les cravates un peu trop voyantes le proclamaient : il avait réussi.

Le plat de crevettes continuait de rissoler devant monsieur Li qui trônait au centre de la tablée, les mains à plat de chaque côté d'une assiette jonchée de débris de crabe, de pinces de homard broyées, de têtes de langoustine fracassées ; à côté de chaque main un téléphone portable dernier cri, comme une paire de revolvers prêts à servir à la moindre sollicitation. Tout en guettant d'un œil la prochaine vibration, Li servait les convives, sa femme à sa droite, avec sa volumineuse mise en plis, des lunettes fumées et une grimace boudeuse sur un rouge à lèvres écarlate. Au-delà de la place vide dévolue à sa fille, Jian, son associé et ami de trente ans, un homme au parcours identique et au physique proche de Li – comme si, inconsciemment, il avait calqué sa vie sur la sienne –, tendait son assiette avec un air glouton. Le reste de la tablée, une douzaine de proches, oncles, tantes, neveux et nièces, cousins et cousines, écoutaient la jeune fille qui interprétait une nouvelle scie musicale, un vieux tube de Madonna, dont les plus jeunes reprirent en chœur les paroles, dès le premier couplet, entonnant le « Like a Virgin » de cette version électronique hongkongaise, des trémolos ironiques dans la voix.

« Qu'est-ce que tu attends ? » lança Li avec un sourire plissé en repoussant les assiettes vers Vincent alors qu'un des portables vibrait sur la nappe. Il tourna le dos au serveur et se lança en chinois dans un dialogue d'affaires qui ressemblait à une diatribe politique ; à ses côtés, sa femme vérifiait son blush dans un poudrier pendant que l'associé ingurgitait les crevettes en lançant des regards interrogateurs vers le dos du boss.

Vincent rassembla les assiettes à portée de main et les empila le plus vite possible, se calant sur le rythme de la voix qui reprenait le refrain *staccato*. Quand il se retourna, la jeune fille le suivait du regard, comme si le refrain lui était destiné ; il tenta un sourire de séducteur auquel elle répondit par une moue ironique, puis elle le quitta des yeux et pivota avec l'élégance d'une danseuse de ballet. En bout de table, nageant dans un costume trois-pièces, un garçon efflanqué d'une trentaine d'années regardait Vincent avec insistance. Lorsqu'il passa à sa hauteur, le garçon le stoppa du plat de la main, déposa une autre assiette sur la pile en lançant d'un air mauvais : « Dépêche-toi de débarrasser… avant de débarrasser le plancher ! » et il éclata d'un rire gras à l'unisson d'un type du même âge que lui, habillé du même genre de costume qui les faisait ressembler à des gangsters d'opérette.

Quand Vincent franchit les rideaux rouges dans l'autre sens, le tintement d'un couteau sur un verre annonçait un discours. L'un de ceux que s'efforçait de prononcer Xiao Sheng Li depuis qu'il était devenu le notable monsieur Li.

« Chers amis, si je vous ai réunis ce soir, c'est pour fêter un grand, un très grand événement – baisse la sono, s'il te plaît, Line. »

L'homme d'affaires patienta un instant, masquant son agacement pour les usages technologiques. Li détestait être interrompu, même par sa fille chérie ; mais il aimait ponctuer ses discours lénifiants de silences destinés à relancer l'attention de son audience – c'est ce qu'il imaginait, en tout cas.

« Chers amis, ce soir, comme vous l'avez deviné, est un grand soir pour ma fille... notre fille » – il se tourna vers sa femme, toujours raide et neutre derrière ses lunettes fumées. L'assemblée s'était figée, elle l'écoutait comme on écoute un discours religieux que l'on connaît déjà mais qu'on ne saurait interrompre ; à sa gauche, son associé jetait des coups d'œil vers les plus jeunes afin de désamorcer d'un regard tout signe d'impatience.

« C'est aussi un succès pour nous tous. Un éclat qui rejaillit sur l'ensemble de notre famille. Une belle occasion de se réunir et de se réjouir. » Il marqua une pause, leva les bras en « V » et monta d'un cran la voix. « Alors réjouissez-vous ! Mangez ! Buvez ! Profitez ! »

Les plus âgés applaudirent puis piochèrent dans les plats, d'autres passaient déjà l'enveloppe rouge destinée à l'heureuse élue ; les jeunes faisaient des messes basses en bout de table ; Line, debout au centre, attendait que son père reprenne la parole.

« Vous me connaissez tous, vous connaissez mon histoire alors je ne vais pas vous en raconter d'autres – il aimait placer cette phrase fétiche. Je n'ai pas fait beaucoup d'études... mais je n'ai pas épargné ma peine. »

Line, le micro au bout du bras, tenait la pose, élégante, légèrement déhanchée ; elle souriait en regardant son père, le reste de l'assemblée puis son père à nouveau – elle aurait pu réciter la tirade à sa place ; juste derrière elle, le garçon maigre en costume passait des SMS sous la table.

« Vous le savez, nous sommes tous sur la même ligne de départ – le visage de Li était plus grave –, nous partons tous avec la même chance. » Il dirigea son regard vers le garçon en costume, toujours penché vers ses genoux ; à l'autre bout de la table, l'enveloppe rouge poursuivait son chemin.

« Le secret de la réussite ? Il faut avancer, reprit Li. Et travailler, beaucoup travailler – silence méditatif. J'ai beaucoup travaillé. Je connais bien le monde du *business*. Croyez-moi : il n'y a pas d'autre choix pour réussir. »

Il avait élevé la voix et fixait la nuque du garçon qu'il apostropha d'un ton sec : « N'est-ce pas, Yan ? A moins que tu aies d'autres conseils à nous donner ? » Plus ironiquement : « Des conseils par SMS ? »

Le garçon efflanqué releva la tête et fit claquer le clapet de son portable. Line jeta un œil vers son cousin. Elle détestait son arrogance et sa nervosité permanentes, sa manière de regarder tout le monde avec un léger sourire en coin, comme s'il jaugeait le poids d'un futur adversaire ; et, depuis quelques années, sa manière feutrée de tenir tête à Li.

Affalé sur sa chaise, Yan regarda la jeune fille, cligna exagérément de l'œil avant de ricaner vers son voisin de table. Line détourna la tête.

« Le travail, c'est ma vie. Et pourtant, je peux vous dire que travailler aujourd'hui ne suffit plus. » L'associé de Li semblait boire ses paroles, une vieille tante piquait du nez dans son assiette, la femme de Li n'exprimait toujours rien – sphinx impénétrable –, les autres mangeaient en ponctuant les phrases de marques d'approbation ; l'enveloppe rouge cheminait et grossissait. Les yeux perdus vers le rideau, le businessman reprit ses considérations prospectives tandis que Vincent entrait, les bras chargés d'un plat débordant d'ailes de canard sauce caramel.

« Il faut un peu d'argent, bien sûr. Quelques investissements de base. Mais ce qu'il faut avant tout aujourd'hui, c'est acquérir les connaissances. Maîtriser le savoir. Connaître les arcanes du système ! »

Face au discours enflammé, Vincent hésitait à bouger mais Li lui lança un regard qui signifiait à la fois « Dépêche-toi de servir » et « Repars aussi vite ». Il avança et, frôlant la jeune Line, marqua un temps d'arrêt. Il la regarda et fut pénétré par ses yeux noirs enfoncés dans les siens, sa silhouette quasi parfaite, et son parfum léger mêlé à une subtile odeur poivrée de sueur. Sous le choc, Vincent lâcha un « Pas facile, hein », qui se voulait détaché mais sonna plutôt comme la remarque d'un ivrogne de fin de banquet ; à quoi Line chuchota un « sans déconner » ironique qui le cloua davantage sur place.

« Comment fonctionne le système ? C'est une question complexe que je souhaite partager avec vous... quand ce jeune homme aura accompli son travail ! » Les dernières syllabes du patriarche claquèrent comme un fouet et Vincent, libéré du sortilège qui le tenait à moins d'un mètre de la fille, avança enfin vers la table.

« Oui, travailler ne suffit plus. Et croyez-moi, je sais reconnaître la valeur des choses. Aujourd'hui dans les affaires, il n'y a pas de puissance sans connaissance. »

Vincent déposa le plat sur un coin de nappe et récupéra l'assiette vidée de ses crevettes. L'associé de Li le regardait d'un air dégoûté, comme si ses gestes sacrilèges souillaient le discours du maître *ès business*.

« Obtenir un master d'économie internationale est une grande victoire ! C'est pourquoi je lève mon verre avec émotion, chers amis, chère famille réunie, à l'adresse de Line qui a décroché son diplôme avec les félicitations du jury ! »

Les applaudissements crépitèrent. « Youpi », murmura Yan vers son acolyte, les yeux fixés sur Line. Vincent rebroussait déjà chemin ; au passage il décocha un nouveau sourire à la jeune femme et croisa le regard mauvais de Yan, vautré sur sa chaise en bord de tablée.

Il repassait dans sa tête la réaction de la fille quand Yan allongea la jambe pour heurter le pied de Vincent qui s'écroula dans un fracas de plat métallique.

« Oups », lâcha le cousin en se levant d'un bond pour s'épousseter. Puis il se pencha et murmura à l'oreille de Vincent, face contre terre : « On n'a plus toute sa tête, mon petit canard laqué ? On ne sait plus où mettre les pieds ? »

D'un geste, Vincent se ramassa, pivota et écrasa le plat d'argent sur le visage de son adversaire, imprimant sur sa pommette la tête de dragon qui ornait la poignée. Au hurlement de Yan se mêla le cri d'une tante brusquement réveillée, puis le cousin et son acolyte se jetèrent sur Vincent pour le rouer de coups de pied. Dix secondes de chaos, de cris et de fureur, de bruits de chaises renversées et de silhouettes masculines jetées dans la mêlée pour mettre fin au scandale. En bout de table, monsieur Li observait le spectacle en silence.

On releva Vincent qui se tenait les côtes ; le sang avait éclaboussé le carrelage et continuait de couler sur sa chemise. Une vieille tante lui plaqua sur le visage une serviette trempée dans l'eau ; plus loin, l'associé de Li et un oncle trapu poussaient Yan et son complice vers la sortie. Malgré l'intensité des coups, Vincent ne ressentait aucune douleur, il cherchait la fille du regard. Dans la mêlée des convives qui commentait déjà l'incident, il ne la vit pas tout de suite mais sentit sur son poignet une petite décharge électrique. Avant qu'il ait relevé la tête, une main aux attaches fines et souples avait glissé dans la pochette de sa chemise un papier plié en quatre.

4

C'était un masque mortuaire, un visage fait de creux et de bosses, strié de rides et de sillons comme une terre ravinée par le temps. Sur les paupières closes, la peau était si fine que d'infimes vaisseaux sanguins épousaient la courbe des globes oculaires tels des cheveux étendus sur une épaule ; l'arête du nez était courbée mais douce, une argile pétrie par le souffle patient des années, la bouche esquissait un sourire paisible, dont les ridules remontaient vers des pommettes fripées, puis d'autres lignes se prolongeaient en pattes d'oie vers les tempes où s'étendaient de minuscules veines bleu pâle, noyées dans une épaisse chevelure argentée. Un beau visage de femme presque centenaire, plongée dans un sommeil paisible. C'était Dao.

Vincent s'approcha, s'agenouilla près du lit, arma son Leica sans faire de bruit. Dao reposait sur le drap, une perfusion plantée dans le dos de la main, maintenue par un gros sparadrap. L'appareil collé au visage, Vincent parcourut lentement le corps immobile comme s'il le caressait. Il compara un instant sa main lisse et pâle à celle de sa grand-mère, fripée et brune, fixa une première image tortueuse et nouée, prolongea son parcours aux abords du lit. Il s'arrêtait sur un détail, reculait, faisait le tour du chevet dans un mouvement attentif et bienveillant. La lumière crue accentuait les ombres et les sillons du visage et Vincent prolongeait sa ronde silencieuse, retenant son souffle. Puis il y eut ce moment magique, l'instant miraculeux où se conjuguèrent la respiration lente de Dao et le cliquetis discret de l'appareil. Son portrait cadré apparut sur l'écran, une image à la fois tragique et sereine où se découpait un profil de vieille squaw, auréolé en arrière-plan de la masse floue et scintillante d'une poche de glucose. Son plus beau portrait depuis longtemps.

« Toujours tes lubies photographiques. Tu as pensé à ouvrir la fenêtre ? On étouffe, ici. » Sur le pas de la porte, Marie-Paule regardait son fils, agenouillé au chevet de la vieille femme. Elle entra dans la chambre, déposa sur une chaise le sac de courses d'où débordait un pull, entrouvrit la fenêtre pendant qu'il hésitait à ranger le Leica dans son sac à dos.

« Qu'est-ce qui t'est arrivé, souffla-t-elle en approchant la main du visage de Vincent. Dans quoi t'es-tu encore fourré ?

— Rien de grave. Une mauvaise rencontre. Ça n'a aucune importance.

— Laisse-moi regarder... »

Elle voulut effleurer l'arcade enflée, la pommette qui bleuissait déjà, mais Vincent détourna la tête.

« C'est rien, je te dis. Qu'est-ce qui se passe, pour Dao ? »

Marie-Paule regardait Vincent sans répondre. Elle fulminait de l'intérieur et son beau visage mûr, les yeux clairs, les traits secs et réguliers, se durcissait un peu plus. Elle a la bouche de Jeanne Moreau, pensa Vincent, qui avait pris l'habitude d'associer les visages entre eux – un nouveau réflexe de photographe, peut-être.

« A quoi tu joues, Vincent ? Qu'est-ce que tu fais de tes soirées ? Je ne te vois pas pendant une semaine et tu réapparais avec... » Elle hésita, tiraillée entre l'inquiétude et la colère. « Avec une tête de voyou. » Elle laissa passer le silence de Vincent, dans un murmure contrarié.

« Je ne t'ai pas élevé comme ça.

— Qu'est-ce que tu veux que je te dise ? Je ne vais pas te détailler ma vie personnelle par le menu – Vincent avait levé le ton, un peu contre son gré. Je t'ai dit que ça n'avait aucune importance. Comment va Dao ?

— Tu ne crois pas qu'il serait temps d'arrêter de... Tu devais reprendre tes études, Vincent.

— On en a déjà parlé cent fois.

— Ça ne t'empêcherait pas de faire tes... de continuer la photo. Rien ne t'en empêche. »

Ils se faisaient face, deux ombres s'affrontant dans un halo de lumière venu de la rue ; deux visages si différents et pourtant, de profil, on pouvait voir une certaine similitude dans le front haut, l'arête du nez légèrement busqué, le port du cou long et tendu.

« Tout m'en empêche, maman. Surtout des études de droit.

— Tu as vingt-trois ans, Vincent, et tu arrêtes juste avant la licence. Je ne comprends pas. Tu aurais pu préparer une carrière de juriste, au moins tenter de passer des concours.

— Juriste ! »

Vincent avait expulsé le mot comme un crachat, exaspéré par le monologue de sa mère plongée dans ses certitudes et qui se contentait de répéter les propositions ressassées lors des repas de fin de semaine. Quand Marie-Paule insistait pour qu'il passe manger « quelque chose de consistant » dans la minuscule arrière-salle du restaurant qu'elle s'efforçait de tenir à flot depuis des années.

« Juriste. Ou clerc de notaire. Et pourquoi pas flic, pendant que tu y es ? » Vincent avait lâché ça en guise de provocation mais Marie-Paule ne releva pas. Elle poursuivait son monologue, comme si évoquer des solutions possibles suffisait à les faire advenir.

« Les concours, ça vaut le coup à partir de la licence, seulement – un silence têtu. Et puis avec le restaurant qui tourne mal, je ne pourrais pas être toujours là, tu sais.

— Ça fait neuf mois que je ne te demande rien. Mon job de serveur me suffit – un silence énervé. Ça me laisse du temps pour mes projets. »

Cette fois Marie-Paule fixa Vincent avec cet éclat de colère qu'il connaissait par cœur. En prévision de l'orage qui s'annonçait, il enclencha discrètement le mode veille du Leica.

« Tes projets ? Mais de quels projets parles-tu, Vincent ? Tu crois qu'on vit de ses désirs parce qu'on l'a décidé un matin ?

— J'ai des contacts. Un galeriste est peut-être intéressé. »

Vincent s'avançait beaucoup sur ce point ; il savait qu'il faudrait encore des dizaines d'heures passées dans les rues à former son regard, des milliers de clichés à trier avant de pouvoir espérer attirer le regard d'un professionnel du milieu. Sans compter l'investissement dans des tirages de luxe à même de restituer toutes les nuances de l'image. Mais il avait la foi. Même lors des moments les plus difficiles, les plus éloignés des préoccupations esthétiques, tout lui était prétexte à la capture d'une image, pourvu qu'il puisse en tirer l'expression d'un point de vue personnel. C'était une conviction qui ne le lâchait pas.

« Des contacts, tout le monde a des contacts. Tu crois que c'est suffisant pour faire avancer les choses ? » souffla Marie-Paule. Dans le relâchement de ses épaules, les bras appuyés sur ses cuisses, le regard dans le vague, il était évident qu'elle se parlait à elle-même autant qu'à son fils. Une beauté amère et abîmée par la vie mais une beauté quand même, pensa Vincent et il leva doucement l'appareil, avança le buste, recadra sur la gauche, déclencha.

« Tu écoutes ce que je te dis ? Tu peux te concentrer une minute sur autre chose que ton fichu appareil ! » lança Marie-Paule en levant une main vers le Leica ; ce n'était pas la colère qui portait son geste, seulement la lassitude. Un instant un peu triste, fragile et intense à la fois, que Vincent avait su saisir.

« Pas mal », dit Vincent en lui montrant le portrait en clair-obscur d'où se détachait, sur fond de cheveux dénoués, un regard clair accentué par la réflexion du carrelage de la chambre. Marie-Paule se regarda sans se reconnaître, dans une moue hésitante qui en disait plus sur sa propre estime que sur les talents de son fils. C'était un beau portrait.

« Tu sais bien que je ne me supporte pas en photo », dit-elle, par automatisme ; pourtant son visage s'était un peu éclairé.

« Tu devrais surtout arrêter de te reprocher quoi que ce soit. » Vincent s'était rapproché et, l'appareil posé sur ses genoux, il prétexta une mèche rebelle à remettre en place pour caresser la joue de Marie-Paule. Le combat avait cessé.

« Je veux rentrer à la maison. » Une voix basse mais nette, comme un désir impérieux. Dao n'avait pas bougé et ses yeux fixaient le plafond.

« C'est toi, Hang ? Je veux rentrer chez moi. Je veux rentrer à Saïgon. »

Vincent regarda Marie-Paule qui se levait précipitamment pour attraper le sac en plastique qu'elle avait apporté pendant que Vincent se rapprochait de Dao. Dans le silence de la chambre on entendait les chuintements insistants du sac dont Marie-Paule retirait un pull, une boîte de gâteaux, un paquet d'abricots secs, une mini-bouteille de jus de fruits.

« Les chauves-souris ! cria Dao. Hang, je t'ai dit de fermer les fenêtres le soir. Elles vont salir le salon. »

Vincent interrogea du regard Marie-Paule qui s'approchait du visage aux yeux grands ouverts, toujours immobile. Elle tira la chaise vers la tête de lit.

« Ne vous inquiétez, c'est moi, Marie-Paule.

— Où est passé Hang ? Je l'ai entendu parler, à l'instant.

— Tout va bien, Dao. Vous avez fait un petit malaise, rien de grave. Vous êtes entre de bonnes mains.

— Il faut fermer les fenêtres pour les chauves-souris.

— Vous serez bientôt à la maison.

— Il est encore parti traîner dans les bars ?

— De quoi parle-t-elle ? » murmura Vincent en tenant la main de la vieille femme. Marie-Paule ne répondit pas.

Dao commençait à s'agiter, à tourner la tête de droite à gauche, indifférente à la présence des deux silhouettes penchées sur elle. Elle s'efforçait d'arracher la perfusion en poussant de petits cris quand l'infirmière entra dans la chambre.

« Eh bien, madame Chêne, je vois que vous êtes en forme. Mais ce n'est pas encore le moment de sortir. »

L'infirmière rajusta la perfusion dont le sparadrap se décollait et plaça deux oreillers dans le dos de Dao pour l'aider à se redresser. Elle passa une main sur son front.

« Vous n'avez pas de fièvre, c'est bien. Vous voulez un peu d'eau ? Vous devez avoir soif.

— Si vous voulez. »

Marie-Paule devança l'infirmière, une bouteille de jus de fruits à la main. Elle s'efforçait de sourire mais sa bouche crispée indiquait qu'elle avait peur. Elle approcha la petite bouteille des lèvres de Dao.

« Je vous ai apporté du jus de mangue.

— Je n'en veux pas – les yeux fixaient la bouteille. Ça sent la merde. »

Le mot avait claqué parmi les sons feutrés de la chambre et Marie-Paule s'arrêta net, comme si on l'avait giflée.

« C'est votre boisson préférée, Dao. D'habitude...

— Je vais m'en occuper », murmura l'infirmière qui prit la bouteille des mains de Marie-Paule et la porta à la bouche de la vieille femme. Marie-Paule la regardait opérer avec patience puis jeta un œil humilié à Vincent. L'aide-soignante essuya un peu de liquide sur le menton de Dao et sourit doucement en regardant vers la porte.

« Ce sont des réactions normales, vous savez. Je vous propose de m'attendre dans le couloir. Vous avez rendez-vous avec le docteur Korman dans dix minutes. »

Quand la porte se referma, à travers le hublot, Vincent vit le visage de Dao tourné vers l'infirmière. Sa grand-mère avait un sourire d'enfant, un enfant couvert de rides et recroquevillé contre un sein.

« C'est la seconde fois que nous prenons en charge votre mère », dit le docteur Korman à Marie-Paule. C'était un homme au visage rond, aux cheveux grisonnants, et dont les épais sourcils noirs atténuaient l'affabilité neutre de son discours. Sous sa blouse blanche apparaissait une cravate couleur framboise qui jurait sur une chemise bleue tandis que sa dentition proéminente accentuait un sourire que Vincent jugea immédiatement faux, annonciateur de mauvaises nouvelles.

« Quel âge a votre mère, interrogeait-il, penché sur un dossier.

— Il ne s'agit pas de ma mère, dit Marie-Paule – silence gêné. Quatre-vingt-douze ans. »

Le docteur leva un œil, les regarda puis replongea dans ses fiches. Un silence gratté par un stylo-plume, consciencieux et lent.

« Vous habitez ensemble ? Je vois que madame Chêne est de l'arrondissement. » Marie-Paule se crispa un peu plus.

« Dao est ma belle-mère. Nous sommes très proches. Je tiens un petit restaurant sur le boulevard.

— Bien. » Le médecin arborait toujours un sourire saillant et Vincent se demanda ce qu'il pourrait tirer de la scène mais il ne trouva pas.

Le docteur Korman joua un instant avec son stylo avant de reprendre.

« Vous n'avez rien remarqué depuis quelque temps ? Je veux dire, à part les malaises dans la rue ?

— Depuis six mois, elle oublie souvent de toucher aux repas que je lui apporte, dit Marie-Paule. Je trouve qu'elle a maigri.

— Autre chose ? Monsieur ? »

La mâchoire pivota vers Vincent, avec toujours cette même proéminence qui semblait factice.

« Je passe la nuit chez elle, une ou deux fois par semaine. Pour voir si tout va bien.

— Mon fils et sa grand-mère sont très proches, coupa Marie-Paule. Dao l'a élevé quand il était enfant. Quand le restaurant marchait bien. Et que nous étions... enfin... que nous étions débordés.

— Depuis plusieurs mois, je l'entends s'agiter la nuit, ajouta Vincent. Elle tourne en rond dans la cuisine, fouille dans les tiroirs, range des placards. »

Le médecin cessa d'écrire, releva la tête.

« Je n'ai pas de très bonnes nouvelles. » Vincent ne pouvait s'empêcher d'avoir les yeux rivés sur cette dentition presque obscène.

« Madame Chêne présente une perturbation récurrente du fonctionnement cognitif. » Le silence écrasait la pièce entre les phrases. « C'est évolutif. » Le pilon du silence.

« Les signes sont multiples et signifiants. » Il les regarda tous deux et s'adressa à Vincent. « Votre grand-mère a tous les symptômes de la maladie d'Alzheimer. » Il prononça le mot en aspirant le « h » avec l'aisance d'un linguiste et Vincent eut une envie soudaine, fulgurante de le gifler pour le faire taire. Annuler le verdict.

« Tout montre que l'évolution est déjà avancée – sa bouche rétrécissait. A quatre-vingt-douze ans, c'était miraculeux si...

— Combien de temps ? » coupa Vincent.

Le docteur Korman recula sur sa chaise. Marie-Paule ne bougeait pas d'un pouce, paralysée par la voix qui s'égrenait.

« C'est très variable suivant les individus. Beaucoup de facteurs entrent en jeu, l'âge bien sûr, l'état de santé, la vie sociale – une moue sceptique. L'alimentation peut jouer un rôle non négligeable. »

Le soliloque médical se poursuivit, détaillant avec le moins d'affect possible l'évolution programmée de la maladie ; perte progressive de mémoire, désorientation et idées délirantes, troubles du sommeil et du langage, accès d'euphorie ou de colère.

« Il n'y a pas de traitement réversible mais nous avons des soins palliatifs tout à fait corrects », ajouta le docteur en finissant de remplir des papiers. Il se leva, les dirigea de la main vers la porte. Il les accompagna dans le couloir jusqu'au bureau d'accueil où il se retourna pour donner ses instructions.

« Nous gardons madame Chêne quelques jours, le temps d'approfondir les examens. Vous appellerez ce numéro pour préparer le retour à domicile. »

Dans le hall, Marie-Paule semblait se dissoudre à mesure que s'élargissait la lumière extérieure, éclaboussant l'entrée de l'hôpital.

Ils marchèrent en silence, deux fantômes dans le bruit mat de la ville. Vincent passa un bras sur l'épaule de sa mère, la serra contre lui et ressentit aussitôt toute la fragilité de cette silhouette qui semblait à peine peser le poids de son âme. Il la quitta à l'angle du restaurant, fermé le lundi.

« Tu viens manger ce soir ?

— J'ai déjà quelque chose, désolé. Je passerai plus tard. »

Alors qu'elle fouillait dans son sac devant la devanture du Dragon Céleste, Vincent se retourna. « Il faudra bien que tu me parles un jour ou l'autre de Saïgon. De toi et de Hang. »

5

Trois silhouettes avançaient de front sur le trottoir. Il était minuit passé mais le boulevard bruissait des groupes de promeneurs, des jeunes pour la plupart, qui traînaient en parlant fort, bière et cigarette en main ; assis sur des bancs, quelques vieux habitués les regardaient, indifférents ou blasés par cette agitation qui prolongeait la vie du quartier jusque tard dans la nuit chaude.

« T'es sûr que tu veux pas qu'on vienne ? Si y a de la belette pour toi, y en a aussi pour nous... »

Karim tournait autour de Vincent, gênant par jeu leur progression ; des trois garçons c'était le plus excité, le moindre événement suffisait à le rendre volubile, à le faire parler pour ne rien dire, surtout quand il s'agissait de filles.

« C'est une soirée privée, les mecs, lâcha Vincent. Je suis même pas sûr de pouvoir rentrer.

— Une soirée privée ? Comment tu te la racontes, depuis que tu fréquentes les bourges ! » Karim exagérait son indignation, pour tâcher de faire capituler Vincent.

« T'es con. »

Vincent pressa le pas et à mesure qu'il progressait, il sentait un poids léger comprimer sa poitrine.

Il repensait à la fille au micro, à son regard sombre, à sa moue ironique quand il avait tenté de lui parler. Il revoyait le SMS reçu le matin même, à peine douze heures après que la soirée avait tourné au désastre. Un gazouillis électronique de bon augure. Pour ne pas lâcher l'affaire si facilement, Karim surenchérit.

« Ouais, t'as l'air bien accro. En plus on l'a jamais vue, nous. Si ça se trouve elle ressemble à Madame Chu, la coiffeuse en bas de chez moi.

— C'est vrai, t'es déjà plus le même depuis que t'as rencontré cette Noiche. » Jef, lui, jouait la carte de la culpabilité.

« Putain, vous êtes lourds. »

Ils arrivèrent devant une brasserie bondée, éclairée de néons et de loupiotes sur le fronton, dont les clients débordaient sur le trottoir, un verre à la main. A l'intérieur, de l'électro-raï fusait, à faire trembler les vitres ; derrière le comptoir, le patron entassait les demis sur un plateau qu'une serveuse emportait en zigzaguant entre les tables. C'était l'Etoile de Tunis, le quartier général de la petite troupe. Vincent s'arrêta, évita le regard de Jef pendant que Karim opérait un savant repérage parmi les visages des habitués.

« De toute façon, vous bougez pas d'ici ?

— T'inquiète, on va pas s'ennuyer. » Karim se faufilait déjà parmi les groupes. « Hé ! Mademoiselle ! Tu me paies une mousse, avec de beaux yeux pareils !

— C'est sûr, tu vas y arriver comme ça, grogna Jef.

— Attends... tu vas m'apprendre la vie, peut-être ! »

C'était parti pour le numéro bien rodé des deux complices, comme chez les flics, le bon et le mauvais, le beau parleur et le ténébreux.

« Bon, je vous laisse. »

Vincent s'éloignait déjà, il repensait au SMS. « Une soirée étudiante, ça te dirait pour panser tes plaies ? Mucho caliente. » Le ton à la fois direct et soigné de la fille. Le saut dans le vide de Vincent, un quart d'heure pour formuler un « C'est bon pour moi » qu'il trouvait ridicule. Il pouvait faire mieux... Un sifflement dans son dos. La voix éraillée de Jef, faisant le geste de téléphoner.

« Ho, Vince ! Tu nous appelles si y a de l'embrouille, hein... » Karim, lui, était tout à son show parmi les tables. Vincent leva la main sans se retourner.

Il marchait à pas lents – reculer pour mieux sauter ? –, avait grillé deux cigarettes afin d'évacuer la pression, levait parfois la tête pour se repérer. Il contourna un square, sentit qu'il se rapprochait aux lointains bruits de basse et aux éclats de rire qu'il entendait. A l'écoute des cris et des refrains repris en chœur, il repéra l'appartement, à moins de trente mètres. A l'angle de la rue, un 4 × 4 rutilant stationnait, vitres opaques, phares éteints, fauve mécanique à l'affût. Vincent le longea, vérifia sa tenue dans le miroir des vitres. Dans l'habitacle, Yan, le garçon maigre en costume, regardait celui qu'il avait roué de coups vingt-quatre heures plus tôt, son visage à trente centimètres du sien, derrière une vitre sans tain.

Un carillon accusa réception dans la poche de Vincent. SMS de Line. « Déjà en retard ? Ça commence bien !!! » Vincent sourit, stoppa sa marche, pianota. « J'aime prendre mon temps... ;-) »

A dix pas, une enfilade de portes-fenêtres brillait au troisième étage d'un immeuble bourgeois, des ombres mouvantes se détachaient sur des éclats de lumière stroboscopique. « Je vois ça. » Duel de mots par écrans interposés. « T'as encore rien vu. Pouf! Je suis là ! » Vincent recula sur l'autre trottoir, en face des baies illuminées ; sur le balcon, quelques fêtards marquaient une pause, égayant la nuit de jets de mégots incandescents. Une silhouette se pencha, un portable à la main. C'était elle, qui lui faisait signe. Vincent sautait sur place, lui répondant par de grands gestes avec les bras. Au volant du 4 × 4, Yan et deux hommes du même âge, aux mêmes costumes faussement sobres, le regardaient. L'un d'eux se pencha entre les sièges, grimaça en tirant sur sa clope.

« Qu'est-ce qu'il fout, ce con ? » Le second acolyte regardait sans bouger les pitreries du clown amoureux à vingt mètres du capot tiède. Il se tourna vers Yan.

« On pourrait le choper maintenant.

— Non. On attend. »

Sur le balcon, Line ne portait plus son fourreau de satin traditionnel mais un simple débardeur à bretelles. Avec ses longs cheveux noirs dénoués, elle était encore plus belle. Elle pianotait sur son portable. « Le code d'entrée c'est 64 AB 00. Au troisième. Y a un vigile. » Un carillon tinta dans la rue sombre, Vincent leva le pouce puis la main vers le ciel comme un oiseau qui s'envole. Gazouillis dans le portable de Line. « La classe ! Ils acceptent les Noiches ? » Retour à l'envoyeur, pouce baissé mais sourire radieux. « Vrai humour de banane. Tu montes ou tu prends racine ? »

Vincent lui fit signe d'attendre dans un geste de supplication surjouée. Il se jeta à genoux au milieu de la chaussée, le portable dans une main, l'autre glissée sous la veste, mimant un cœur sur le point d'exploser. Au balcon Line sourit, gênée. Les gazouillis électroniques reprirent. « Faut que je te dise. » A moins de vingt mètres, dans un brouillard de cigarettes, Yan et ses acolytes le regardaient, visages fermés.

« Si on se mariait ? » Toujours à genoux, Vincent guettait le balcon d'où la fille avait disparu. Son portable bipa. « Tu te prends pour Roméo ? Bouge-toi ou je finis la sangria toute seule. »

Il se releva, épousseta son jean et entra dans l'immeuble. Les trois sbires ouvrirent d'un même geste feutré les portières du 4 × 4. Vincent grimpait les escaliers à grandes enjambées silencieuses, détaillant le tapis aux tringles dorées, les moulures de plâtre à motifs floraux. Un immeuble cossu, rare dans le quartier. A mesure de son ascension, la musique était plus distincte, un électro-funk nerveux encouragé par des éclats de voix. Il arriva devant la porte d'entrée gardée par un videur en veste et tee-shirt, visiblement un étudiant plus baraqué que la moyenne. Derrière la porte, l'hystérie des refrains repris en chœur battait son plein.

« C'est bien la fête de Laura ? » Un silence. « Je dois être sur la liste. Chêne. » Le videur sortit une feuille froissée, la détailla pendant que Vincent essayait de lire la liste à l'envers. L'étudiant recula d'un pas, il avait les pupilles dilatées, de la sueur sur le front. Les éclats de rire fusaient derrière la porte. Le videur pointa la feuille, secoua lentement la tête. Vincent insista.

« Vincent Chêne. Je suis invité par Line, une amie de Laura.

— Désolé, je te vois pas sur la liste.

— C'est pas un problème. »

Pendant que Vincent tapotait sur son portable, le videur jeta un œil dans l'escalier où résonnait l'écho d'une porte qui se referme.

« Line ? Tu peux dire à ton copain vigile que je suis aussi de la fête ? » Il tendit le mobile au videur avec une grimace ironique.

De l'autre côté de la porte, portable à l'oreille, Line se frayait un chemin dans la foule des fêtards ; elle éleva la voix devant les enceintes d'où jaillissait une musique tonitruante, évitant les gestes incontrôlés des éternels soiffards. « Marc, tu peux ouvrir à Vincent, s'il te plaît ? »

Sans attendre la réponse du videur, elle ouvrit la porte et le flot du brouhaha s'échappa en accueil magistral. Sans un mot, elle prit Vincent par la main, l'entraîna dans la foule, longea la pièce en évitant les embardées des danseurs, un sourire radieux aux lèvres. « Vite, on va rater la sangria ! » Des étudiants se pressaient autour d'une longue table où trônaient des bols de cacahuètes, des crudités, des saladiers remplis de mélanges d'alcools épicés. La fête battait son plein.

Les trois hommes franchirent les derniers mètres en silence, Yan en tête. Sur le seuil, le videur quitta des yeux son smartphone, enleva un écouteur par réflexe. Les types le regardaient en silence et le jeune homme éprouva au premier coup d'œil la tension des visages impassibles. Il se retourna vers la porte, hésita, secoua la tête en sortant de sa poche la feuille froissée, tel un argument dérisoire.

« Désolé, les gars, c'est une soirée privée.

— T'as deux secondes pour ouvrir ce bordel. »

Tout en remplissant leurs verres, Vincent détailla du coin de l'œil le profil de la fille, ses cheveux cette fois relevés en chignon savamment négligé, ses épaules fines, ses bras souples, le sourire euphorique qu'elle adressait à une amie croisée à l'instant. La musique vrombissait dans les enceintes, les autres n'étaient que des silhouettes mouvantes et anodines. Il était sous le charme.

La porte d'entrée explosa et Yan et un de ses sbires surgirent, tandis que le second plaquait le videur contre le mur. Il y eut un cri de surprise, un ou deux fêtards renversèrent des verres, la musique s'arrêta net. A l'autre bout de la pièce, Vincent croisa le regard de Yan. Il se dirigeait vers lui quand Line le stoppa de la main. « Laisse-moi faire. » Elle avança vers son cousin, visage fermé ; quelques invités s'écartèrent, d'autres se regroupaient près de l'entrée.

Yan faisait face à Line. Il regarda la foule d'un air mauvais, la fixa à nouveau avec un mépris ostentatoire.

« On te cherche depuis trois heures ! Tu viens avec nous, maintenant.

— Depuis quand tu fais les commissions de mon père, toi ? »

Une étudiante surgit, titubante. Yan et ses deux acolytes étaient plantés au milieu de la pièce, indifférents au videur qui se tenait le bras en grimaçant de douleur ; prudent il resta sur le seuil, sortit discrètement un portable de sa poche. Eméchée, l'organisatrice de la fête était hors d'elle.

« Vous êtes qui, vous ? Putain, J'APPELLE LES FLICS ! »

Yan finit d'allumer une cigarette et tendit la main vers Line qui la rejeta violemment, faisant voleter des parcelles incandescentes jusqu'au parquet. Elle le foudroyait du regard.

« Non mais tu te prends pour QUI ?

— T'occupe. Et suis-moi.

— Fiche-moi la paix ! Tu crois que j'ai besoin d'un TOUTOU qui me suive à la trace ?

— Arrête de te donner en spectacle, Line. Tu es... »

Sans retenue, elle le gifla et le soufflet retentit d'autant plus que le silence des convives était total. On entendit juste un éclat de rire étouffé dans un coin. Tous regardaient les trois sbires avec stupeur et hostilité.

Humilié, Yan ne disait rien. Il pointa un doigt vers Vincent, ses deux complices avancèrent dans la pièce, bousculant un étudiant ivre qui bascula par-dessus un canapé ; un autre tenta de s'interposer et l'un des hommes le repoussa violemment. Profitant de la cohue, Vincent avait disparu.

Au fond de la cuisine, il avisa la fenêtre qui donnait sur un escalier de service. Près de la table où s'accumulaient bouteilles et victuailles, deux garçons avinés le virent escalader la fenêtre et disparaître dans la nuit. Le plus atteint flanqua un coup de coude à l'autre.

« Putain, je viens de voir passer Spider-Man. »

Vincent marchait au pas de course, portable à l'oreille. Il dépassa le 4 × 4, bifurqua à l'angle du boulevard.

« Karim ? Vous êtes toujours à l'Etoile ? Ouais… C'est parti en vrille. Vous pouvez rappliquer ? »

Au même moment, Yan et ses acolytes sortirent de l'immeuble et se jetèrent dans le 4 × 4. De la fenêtre, on entendait des « Houu-Hou ! », des « Cassez-vous, bande de nazes ! » Yan fit rugir le moteur, déboîta et s'arracha de la place. A leur passage sous les fenêtres, deux trois cannettes vides volèrent, l'une rebondit sur le pare-brise. « La pute. Et l'autre, il est passé où ? » Il accéléra. Sur le boulevard, Vincent vit passer le 4 × 4 en trombe, hésita puis reprit sa marche forcée.

Il consultait nerveusement son portable, debout devant Karim et Jef, passablement avinés. Jef ne tenait plus en place.

« Qu'est-ce qu'on attend ? C'est à trois cents mètres à peine !

— Non, c'est trop tard. J'ai un SMS. Le cousin s'est fait la malle. Le 4 × 4, c'est lui. »

Vincent s'en voulait d'être parti. Il pianota un « T'es où ? » fébrile et reçut un « C'est mort, je rentre chez mes remps » qui le paralysa, suivi d'un « Je te rappelle. Roméo ». L'antidote à ses remords. Il se forçait à sourire, Jef s'exaspérait.

« Qu'est-ce tu fous ? Demande-lui où il crèche, le cousin. On va l'accueillir avec une petite surprise. »

Il sortit de son blouson un Taser de poche et le fit grésiller sous le nez de Karim ; à la terrasse un groupe se retourna.

« Putain, range ça, grogna Karim. Tu cherches les embrouilles, ou quoi ? C'est plein de keufs, à cette heure.

— Calmez-vous, les gars, souffla Vincent. On n'ira nulle part – un silence méditatif. Il me veut quoi, au juste, ce blaireau ?

— C'est comme Karim. C'est un possessif.

— Attends, tu veux dire quoi, là ? » Karim roulait des yeux, Jef jubilait. Il en rajouta.

« Ouais, les Noiches, les Rebeus... c'est pareil, c'est la tradition, les coutumes, je veux dire : "Faut-pas-tou-cher-à-la-fa-mille". Surtout les meufs.

— C'est n'importe quoi, c'est... c'est des clichés de Gaulois, ça !

— Ouais. Et quand j'ai voulu sortir avec ta sœur... Putain, j'ai cru que t'allais m'égorger ! C'est pas vrai, Vince ?

— Attends, ma sœur, c'est pas pareil. T'as vu l'âge qu'elle a ? Et puis elle sort pas avec des bouffons.

— Bon, les mecs, vous avez fini votre show, là ? » Vincent réfléchissait. « Non, y a autre chose. Ce mec me suit à la trace. C'est pas normal.

— T'es comme Karim. T'es parano. »

Karim leva les yeux au ciel, agita le bras, commanda d'autres bières. Malgré l'heure tardive, il y avait encore du monde, regroupé en petits groupes bruyants autour des tables. Sur le boulevard, on entendit une sirène qui montait au loin. Vincent méditait en regardant sa clope se consumer.

« Non, je suis sûr qu'il y a quelque chose. »

Jef haussa les épaules, reprit sa bière. A la terrasse, les trois amis observaient la circulation agitée, les voitures qui tentaient de se ranger à l'appel de la sirène.

Un camion de pompiers, puis un autre, suivi d'une voiture de police, gyrophares et sirènes hurlantes, passèrent dans un fracas assourdissant devant la terrasse de l'Etoile. Soudain, Karim se jeta sur Jef, l'empoigna, hurla.

« Jef, derrière toi ! LES KEUFS ! »

Jef faillit tomber de frayeur, renversa sa bière, Karim éclata de rire, Vincent secoua la tête en riant. Les sirènes s'éloignèrent et Jef, vexé, s'efforça de reprendre une attitude détachée.

« Putain, t'es vraiment con, toi !

— C'est qui le gros parano, hein ?

— Bouffon, va... »

Le trio se calma, verres en main. Bref moment méditatif, ponctué des conversations voisines. Vincent repensait à Line, à la gifle portée sans hésitation. Une fille explosive. Il adorait ça. Sur la table, le portable vibra, il décrocha et après un long silence, son visage se décomposa. Lentement. Karim et Jef se tenaient en alerte. Karim agita une main devant ses yeux. « Y a un problème, mec ? »

Vincent se leva, portable toujours à l'oreille, fouilla dans sa poche, raccrocha. En jetant de la monnaie sur la table, il regarda ses deux amis. Il était livide.

« Il vient d'y avoir un incendie chez ma mère. »

6

Derrière les arbres de la place de l'Atlas, le Dragon Céleste achevait de s'éteindre dans un déluge d'étincelles. Disposés en éventail, des pompiers bombardaient la façade de jets sous pression, des cascades d'eau éclataient sur les vitres, retombaient en pluie, les dernières fumées dissoutes dans un crépitement mouillé.

A bonne distance de la scène délimitée par un cordon fluorescent, les badauds s'illuminaient sous les éclairs des gyrophares comme devant une vitrine de Noël ; à l'écart du ronflement des autopompes, une ambulance du Samu jetait des éclairs bleus, portières arrière ouvertes sur un trottoir luisant. Assise sur le marchepied, Marie-Paule était enveloppée dans une couverture de survie dorée ; deux urgentistes s'affairaient auprès des appareils d'intervention, un autre répondait à un appel radio.

« Que s'est-il passé ? » Elle releva la tête et Vincent l'aida à se mettre debout. Il voulut la prendre dans ses bras pour la réconforter mais le froissement métallique de la couverture l'en empêcha. Planté sur le trottoir, Vincent regardait Marie-Paule avec une attention tendue, comme si elle risquait de s'évanouir ou de se consumer sur place.

« Ton bras. Tu n'as pas mal ?

— Quand la fumée m'a réveillée, je suis descendue au restaurant. J'ai essayé d'éteindre avec ce que j'avais sous la main, un torchon et un tablier en boule. Ça n'a fait que raviver le feu. »

Marie-Paule leva l'avant-bras gauche entouré d'un gros bandage. La douleur n'était pas son souci.

« L'arrière-salle a complètement brûlé. Le comptoir est touché mais pas la caisse, ni le système informatique. Enfin je crois. »

Un fantôme dans la nuit. Les reflets de la couverture accentuaient la pâleur de son visage, spectre figé devant la façade fumante. Au-dessus du restaurant, une fenêtre du salon était restée entrouverte et une applique renvoyait sur le plafond des ombres mouvantes et enfumées.

L'incendie n'avait pas totalement affecté le réseau électrique du petit immeuble construit à l'économie dans les années 30, un deux-étages à l'angle de la place, coiffé d'un mauvais toit en zinc. Le jeune couple Chêne avait acquis cet ensemble modeste et délabré pour un prix avantageux, juste avant la flambée immobilière des années 80. De quoi rembourser les traites tant que l'affaire tournait. Depuis sept ans, depuis la crise de 2008, c'était une autre histoire.

« Tu as peut-être laissé un fourneau en veille… ou un mégot mal éteint. » Ils se tenaient côte à côte, immobiles, tandis que les pompiers inspectaient l'extérieur mètre après mètre, éclairant à la torche le moindre recoin, actionnant les châssis des fenêtres.

« Vincent. » Elle ne le regardait pas mais il la sentait fulminer.

« Ce restaurant est la seule chose que j'ai au monde. » Elle hésitait. « La seule chose que j'ai à peu près menée à bien. Tu crois à une négligence ? » Le ton montait. « A un acte manqué ? Tu ne crois pas que j'ai eu mon compte d'emmerdes, ces dernières années ? » Il s'excusait déjà du regard, elle continuait d'enfoncer le clou. « Je tiens à ce restaurant plus qu'à tout. » Vincent encaissa la remarque, le bref silence hostile. « Alors ne me dis pas ce que j'ai à faire. »

Un infirmier coupa court en invitant Marie-Paule à monter dans l'ambulance, pour des examens complémentaires aux urgences. Elle se retourna vers Vincent dans un froissement métallique. Son regard clair était froid et impavide.

« Pas un mot à Dao. Ça n'arrangerait rien.

— Je vais t'accompagner », dit Vincent d'un ton qui se voulait catégorique. Le hochement de tête de l'infirmier le rassura. Au moment où il contournait le véhicule pour s'installer à la place du passager il aperçut, près du cordon de sécurité, la jeune lieutenante blonde. Elle portait un blouson de cuir épais qui jurait avec ses escarpins de soirée. Il était 3 heures du matin et, visiblement, elle avait été appelée en urgence, hors de son temps de service.

Elle remarqua Vincent au moment où il claquait la portière. Avant que l'ambulance ne s'éloigne, la lieutenante

Benoit eut le temps de croiser son regard, de lever le menton vers lui, peut-être en signe de reconnaissance.

Depuis son départ de la fac, Vincent avait repris un rythme de sommeil d'adolescent. Il se couchait tard, traînait dans le quartier d'une piaule à l'autre selon les rencontres du moment, parfois jusqu'au petit matin, profitait des instants magiques de l'aube pour soigner ses photos de la ville. Il se levait vers midi, parfois plus tard, retrouvait Jef et Karim à l'Etoile de Tunis devant un café. Les deux trois soirées de service chez son oncle lui permettaient, le reste du temps, de cultiver le désœuvrement et l'amitié, l'errance dans les rues et d'accumuler les clichés. Avec l'été et la chaleur sous les combles, il s'endormait parfois en plein après-midi, alternant des somnolences sereines et des rêves agités.

Son portable sonna trois fois avant qu'il émerge et regarde l'heure s'afficher. A peine midi. Le temps de consulter le dernier appel et la sonnerie reprit. Il décrocha malgré le numéro masqué.

« Vincent Chêne ? » Une voix de femme. « Lieutenante de police Benoit. Nous nous sommes vus il y a trois jours – bruit de clavier en fond sonore. Le justificatif de facture pour votre appareil photo. » Ton posé et technique à la fois.

« Je me souviens.

— Je crois aussi vous avoir vu hier soir. Cette nuit, pour être exacte.

— Vraiment ? » Vincent avait hésité, il ne savait pas pourquoi. La rencontre fugace, à peine un regard, la méfiance à l'encontre des flics ? La voix reprit, neutre mais sûre d'elle.

« J'en suis certaine. »

Vincent ouvrit la fenêtre pour faire circuler l'air surchauffé ; le calme apparent de la rue se superposait aux rumeurs automobiles du boulevard, à deux pâtés de maisons. Impression de tension continue. Perspective serrée d'embouteillages. Intéressant, au téléobjectif. La voix le sortit de sa rêverie.

« Vous êtes au courant pour la place de l'Atlas ?

— Vous voulez dire le restaurant ?

— C'est l'objet de mon appel. »

Ce langage technocratique. Vincent se repassait les images en fractionné, la soirée, le sourire de Line, le cousin furieux, la gifle et l'embrouille, sa propre fuite puis celle du 4 × 4, l'appel de Marie-Paule. Le désastre dans ses yeux. La brûlure.

« Je souhaite en parler avec vous – toujours le ton sec.

— Quand ?

— Le plus tôt sera le mieux. 15 heures.

— Aujourd'hui ?

— Aujourd'hui – un silence, des crépitements lointains. Je ne vous retiendrai pas très longtemps. »

Promesse de flic. Vincent hésitait.

« C'est bon pour 15 heures. »

Il coupa, jeta le portable sur le lit. Il avait faim. Il prit une douche rapide, hésita puis fourra son Leica dans son sac à dos. Il avait tout le temps.

A l'opposé de la place de l'Atlas, se trouvait un kebab tenu par Béchir, un vieux Turc installé dans le quartier depuis des lustres. Vincent commanda et s'installa à sa place habituelle, contre la vitre du côté du boulevard. A cinquante mètres, il avait une vue imprenable sur le Dragon Céleste. Il arma son Leica, le posa avec précaution sur la table. Devant le restaurant, le cordon de sécurité avait disparu, remplacé par un ruban collé en croix sur la porte d'entrée, la moins touchée par les flammes. A part les langues de suie qui montaient sur la façade, difficile de deviner qu'il y avait moins de douze heures, les flammes ravageaient l'arrière-salle. Il détailla la scène au téléobjectif, composa l'image avec les arbres en premier plan, flou devant, net sur les vitres plongées dans la pénombre, reposa l'appareil. Un possible cliché d'où affleurait le drame.

Il détachait de fines lamelles du kebab, picorait quelques frites grasses. Il pensait à Dao. Dans deux jours, elle serait chez elle, Vincent retournerait y dormir plusieurs soirs par semaine, ferait les courses, surveillerait de loin l'évolution de la maladie. Et puis il y avait Marie-Paule. Le temps de l'expertise, elle voulait prendre une chambre à l'hôtel, à deux pas du restaurant. Pas question de traîner, elle avait déjà rendez-vous avec l'assureur. Vincent savait qu'elle ferait tout pour reprendre l'activité au plus vite, effacer la violence de l'événement, nettoyer la crasse laissée par l'incendie. « La seule chose que j'ai au monde. » La brutalité du propos le renvoyait à la solitude voulue par sa mère, mais aussi à la silhouette floue de ce père inconnu, mort quand il avait douze mois, et dont Marie-Paule ne parlait jamais. Hang. Il chassa le son qui résonnait dans sa tête, se concentra sur son assiette.

Dehors, un éclat de soleil sur un pare-chocs chromé avait capté son attention. Vincent s'essuya les doigts, prit le Leica. En appui sur la table, il déclencha avec rapidité, variant les angles, pot luisant crachant l'oxyde de carbone, amorce de portière à vitre opaque, pare-brise arrière, plaque d'immatriculation. Le 4 × 4 démarra lentement, s'engagea sur le boulevard, se fondit dans le trafic. Dernier cliché à profondeur de champ restreinte, netteté du toit, flou des voitures autour, deux tiers de ciel, un tiers de bitume. Même pour ce travail documentaire, il soignait l'esthétique. Avec désormais une conviction : ce qu'il venait de shooter à distance comme un gibier dangereux, c'était la voiture de Yan, le cousin de Line. Yan et ses affidés. En faction devant le restaurant de Marie-Paule.

« Asseyez-vous. »

Anaïs Benoit avait de nouveau sa tenue d'officier en civil, tailleur strict anthracite sur chemisier blanc, et Vincent sa place sur la chaise en formica devant le bureau. Elle avait retrouvé son sourire pincé.

« Comment avancent vos projets photographiques ?

— Ça va – un silence pesant. J'imagine que je ne suis pas là pour parler photographie. »

La jeune lieutenante consultait un dossier, manière de garder la distance nécessaire à l'entretien.

« C'est juste. Je vous ai convié pour vous faire part des suites de l'incident.

— Convié ?

— L'incendie. Vous êtes bien le fils de la propriétaire ? Madame Chêne Marie-Paule.

— C'est ça.

— Tout incident sur la voie publique provoque une enquête de nos services.

— J'imagine. En fait, non. Je n'imagine rien. »

La lieutenante alternait les regards, dossier, Vincent, dossier. Elle se redressa sur un fauteuil trop grand pour elle.

« Vous étiez où, dimanche soir ? Après minuit.

— Quelle heure vous intéresse ?

— Pardon ?

— Quelle heure ? Avant ou pendant l'incendie ?

— Dites-moi.

— J'ai quitté une fête vers 2 heures environ. J'ai pris un verre à l'Etoile de Tunis vingt minutes après.

— L'Etoile de Tunis, elle nota à voix basse. Je connais.

— J'ai traîné. Ma mère m'a appelé vers 2 heures 30. »

Vincent soutenait le regard de la femme. Il sourit.

« Nous, on s'est vu une demi-heure après. Non ?

— C'est exact. Vous partiez avec l'ambulance. »

Elle paraissait soulagée et soucieuse à la fois.

« Comment va votre mère ?

— Elle s'est brûlée au bras. Rien de grave. Le problème, c'est l'assurance. L'expertise, les paperasses. Vous connaissez.

— Je comprends.
— Je ne crois pas, non. »

Vincent s'était penché en avant, les coudes sur les genoux. La colère montait.

« Depuis cette nuit, ma mère est à la rue. Tant que l'expertise n'a rien conclu, le restaurant est fermé. Les travaux bloqués. »

La lieutenante le regardait avec attention. Vincent nota à nouveau ses yeux clairs, moins durs que ceux de Marie-Paule. Il continua de s'épancher.

« Ça ne marchait déjà pas fort – plus bas, pour lui seul. Je ne sais pas comment elle va faire.

— On peut sûrement accélérer la procédure, monsieur Chêne. »

Elle l'avait de nouveau appelé « monsieur », gage supplémentaire d'implication dans l'affaire. Elle ajouta : « Quand l'enquête sera plus complète. C'est pour ça que je voulais vous voir. A ce propos, votre mère... – une hésitation. Vous lui connaissez des ennemis ?

— Comment ça ?

— Je ne sais pas. Peut-être un différend avec un client ? Ou un fournisseur. »

La jeune femme s'était levée, elle lui tournait le dos pour ouvrir un tiroir. Vincent regardait sa silhouette penchée, ses formes tendues, une impression de corps souple et musclé. Elle s'agenouilla, farfouillant dans des papiers. Il ne pouvait décemment pas faire allusion à la première altercation, au retour menaçant de Yan, au 4 × 4 posté devant le restaurant ; tout ça le concernait au premier chef, il n'avait pas envie d'ajouter encore aux difficultés de Marie-Paule.

La femme déposa une boîte en fer-blanc sur le bureau, une sorte de coffret à cigares pas plus gros qu'un livre, rouillé et poussiéreux. Brûlé sur les bords. Elle poussa la boîte vers lui.

« Vous pouvez la prendre, elle est pour vous. Regardez sur la tranche. »

Elle lui montra du doigt une inscription, gravée probablement au couteau, qui indiquait en caractères penchés « *Pour Vincent* ». Sa voix avait pris un ton rassurant.

« Nous l'avons trouvée au pied d'une cloison éventrée par la chaleur de l'incendie. Intacte. Elle devait être murée dedans depuis un bout de temps. »

Vincent fixait l'objet posé devant lui sans bouger. Un piège de flic ?

« Allez-y, nous avons procédé aux premières analyses d'empreintes. Rien de concluant. »

Vincent prit la boîte, la garda dans ses mains, comme si l'ouvrir pouvait lui brûler les doigts. « *Pour Vincent* ». L'écriture, assez grossière, ne lui disait rien. La femme l'observait et il n'avait pas envie de livrer une quelconque émotion à l'ouverture de cet objet mystérieux. Anaïs Benoit, l'air plus rigide, feuilletait à nouveau le dossier, concentrée sur sa future déclaration.

« Monsieur Chêne – il leva la tête. Je vais devoir vous exposer certains détails de l'incendie. N'hésitez pas à intervenir, au cas où... » Elle fouilla parmi des rapports, des photos, des clichés choisis pour étayer son discours.

« La porte de l'arrière-salle du restaurant a été fracturée. On voit la marque du pied-de-biche, dans l'encoignure, au centre. » Vincent nota la qualité médiocre de la photo au flash, le gros plan peu convaincant.

« Comme vous le savez, une des portes donne sur l'arrière-cour, puis sur une impasse. Peu de chance d'avoir un témoin, à une heure pareille. » Un autre tirage, de la cour cette fois, franchement anecdotique.

« L'incendie est d'origine criminelle, ça ne fait aucun doute. »

Un nouveau cliché, une masse informe et noire, incrustée dans le carrelage sous un plan de travail carbonisé, de la taille d'une grosse chaussure.

« C'est un bidon d'essence, ou ce qu'il en reste. On a aussi trouvé des projections d'essence sur les murs. Du travail d'amateur.

— Un avertissement ?

— C'est-à-dire ? »

Vincent avait parlé trop vite. Il avait pensé tout haut. Les images se bousculaient, s'accordaient, reconstituaient le début d'un puzzle. Yan et sa brutalité chronique, Yan et ses sinistres acolytes, Yan et le 4 × 4 omniprésent. Pas plus d'une demi-heure entre la sortie précipitée de la fête et le départ du feu. Il en avait trop dit, il improvisa.

« Je ne sais pas. Une supposition. En même temps, je ne suis pas flic. »

La pointe d'insolence brisa l'échange, Anaïs Benoit reprit les photos, referma le dossier. Elle se leva, lui tendit une main ferme sans cesser de le regarder.

« Je vous laisse partir. Vous savez où me joindre. »

Sur le pas de la porte, Vincent se retourna.

« Et pour l'assurance ? »

Elle lui tournait le dos, concentrée sur un autre dossier. Elle ne bougea pas.

« Je vous tiendrai au courant. »

Il refermait déjà la porte quand il entendit son nom. Elle tenait à main tendue la petite boîte métallique. Son regard avait viré au bleu sombre, proche de celui de Marie-Paule, les mauvais jours. Puis il se délaya.

« N'oubliez pas ça. Nous ne l'avons pas ouverte, vous avez ma parole. »

7

Ses cheveux tirés en arrière, lisses et noirs, faisaient ressortir la beauté de ses traits, un visage pur de madone asiatique, le teint uni, légèrement mat, un cou souple et long sur des attaches d'épaules fines.

Elle multipliait les poses, perchée sur un tabouret haut, au centre d'un cyclorama de studio, cernée de réflecteurs en polystyrène. Il y eut un sifflement faible suivi de deux impulsions électroniques, le flash se déclencha. Sur les indications du photographe, elle variait les attitudes, tête penchée, droite, en arrière, en appui sur une main, sur l'autre, jambes croisées et décroisées, buste redressé ou cambré. Les poses et les flashs se succédaient, interrompus par le chargement des batteries, sifflement, impulsions, flash à nouveau. Elle enchaînait les mouvements avec aisance, se révélait dans ce ballet corporel, elle si sérieuse d'habitude, presque austère. Elle nuançait des sourires, plus ou moins larges, plus ou moins éclatants mais son regard ne changeait jamais, profond et magnétique, deux amandes noires qui s'accordaient à chaque composition. Elle dégageait une impression de mystère puissant, explosif, sous la fragilité d'un corps gracile.

« Ok, on arrête. »

Le photographe déclencha un dernier flash, leva le bras, appareil vers le plafond, puis il détacha le câble de raccordement et posa le Canon sur un plan de travail encombré.

Line sauta du tabouret, fouilla dans son sac posé dans un coin, consulta son portable – pas de messages mais elle serait en retard au dîner familial. Elle décrocha un sweat-shirt à capuche d'une patère, s'entoura la nuque d'une serviette, s'approcha du photographe.

Quadragénaire à cheveux longs et barbe de trois jours, assez abîmé, il avait la tenue habituelle du milieu, tee-shirt et blouson sans manches, jean froissé et bottines usées. Il faisait défiler les clichés sur l'ordinateur couplé à l'appareil, opérait rapidement une présélection. C'était un bon professionnel, avec ses entrées dans les magazines de mode, pas les plus prestigieux mais de quoi maintenir depuis une dizaine d'années une réputation de photographe fiable, avec une capacité à renouveler son cheptel de chair fraîche. Il continuait de trier, Line penchée sur son épaule.

« Je t'enverrai une sélection, mais je crois qu'on tient le truc.

— Ça paraît quand ?

— Le portfolio sortira mi-juillet, pour annoncer la rentrée.

— C'est parfait. »

Quand la série de photos paraîtrait, elle serait déjà à Shanghai ; et même si ses parents ne lisaient jamais de revues de mode, elle préférait être loin, au cas où quelqu'un de la famille tombe sur la fille de monsieur Li, prenant des poses plus ou moins dénudées en pages centrales d'un magazine de luxe. Elle pourrait emmener quelques exemplaires, ce serait un sésame de plus, susceptible d'ouvrir de nouvelles portes pendant son stage professionnel à l'autre bout du monde.

Line s'était changée, elle se dirigeait vers la porte du studio près de laquelle un assistant rangeait les réflecteurs. Le photographe avait éteint l'ordinateur, enfilé un blouson de cuir vieilli. Il se planta devant elle, se pencha pour recevoir un « au revoir » plus familier mais elle lui tendit la main. Il eut un petit sourire contraint.

« Appelle-moi pour qu'on déjeune. J'aurai des contacts pour toi, avant Shanghai.

— Oui, à très vite. Pense à mes tirages. »

Elle s'éclipsa en souriant. Elle savait parfaitement l'effet qu'elle produisait sur les mâles de tous âges, ça durait depuis quelques années maintenant, depuis l'adolescence en fait ; elle avait mis du temps à accepter cette métamorphose corporelle avant de décider d'en assumer les conséquences ambiguës.

Dans le métro elle prit le temps de se démaquiller méticuleusement mais même à l'état brut, son visage faisait lever les têtes des hommes.

Le soleil avait disparu derrière les immeubles quand elle atteignit le Royal Mandarin mais la clarté de juillet continuait de diffuser une lumière étale sur les façades.

A cause de la chaleur, les portes du restaurant étaient grandes ouvertes et le voilage d'entrée se balançait mollement, tamisant le bourdonnement des conversations intérieures. Il n'était pas très tard, la première salle était loin d'être remplie, il y avait surtout des familles asiatiques et quelques tables d'hommes d'affaires, deux trois fidèles du quartier, des commerçants qui prenaient l'apéritif après avoir fermé boutique.

Line dépassa le comptoir de réception, avança vers une deuxième salle, sas plus modeste avant la troisième, celle des banquets. Assis à une table qui donnait sur la rue, Xiao Sheng Li grappillait dans un assortiment d'assiettes largement entamées, téléphone collé à l'oreille. Il releva la tête, fit signe à sa fille d'approcher, elle alla d'abord embrasser sa mère, perchée sur une chaise derrière la caisse. Plongée dans ses comptes, elle était toujours affublée de ces lunettes fumées que Line trouvait ridicules – dehors le jour baissait, les premiers réverbères étaient allumés.

Monsieur Li écourta la conversation en élevant la voix, coupa le portable, le posa à côté d'un autre qui frôlait dangereusement une assiette de beignets sauce caramel.

« Sers-toi – il avait l'air soucieux. J'imagine que tu n'as pas mangé. »

Elle picora dans les plats pendant que son père surveillait d'un œil les portables disposés à portée de main.

« Tu as tes billets d'avion pour dimanche ?

— Je m'en occupe demain. »

Il secoua la tête en sauçant son assiette, se resservit et engloutit bruyamment les crevettes sautées – Line nota la minuscule projection de jus sur la manche droite de sa chemise ; elle détestait sa manière de manger, gênée par ses manières balourdes qui trahissaient le petit paysan du Wenzhou, malgré trente ans d'exil, de combats quotidiens, d'ascension sociale forcenée à Paris. Elle avait parfois l'impression de ne pas être de la même famille, de ne pas être la fille brillante mais modeste de monsieur Li, restaurateur et homme d'affaires respecté de tous dans la communauté chinoise de la ville.

« Je ne vous comprends pas, vous les jeunes. » Il chercha une serviette, se pencha sur celle tombée à ses pieds, s'essuya les doigts tout en consultant l'écran des portables en veille.

« Tu pars dans deux jours pour Shanghai et rien n'est prêt.

— Tout est prêt et c'est un billet Apex, Papa. La réservation est faite depuis trois mois. Ça se récupère au dernier moment.

— Tu as vu avec ta mère, pour tes affaires ? Tu risques d'avoir un supplément bagages.

— J'aime voyager léger. Et je ne pars qu'un mois. Tout est ok.

— Tout est "ok" ? Comment vous parlez, vous... »

Line ne l'écoutait plus. Elle pensait à Vincent. Elle ne l'avait pas revu depuis la fête. Elle avait hésité à le relancer par SMS – elle estimait que c'était à lui de faire un nouveau pas – puis elle avait craqué et envoyé un message laconique, juste après la séance de photos, mais il n'avait pas encore répondu. Elle se demandait surtout quand elle lui annoncerait son départ imminent, ses projets tenus secrets, ses perspectives d'avenir. Il fallait absolument qu'elle le revoie. Elle avait très peu de temps.

« Je te parle de ton séjour à Shanghai et tu es déjà ailleurs. »

Li la regardait en mastiquant un travers de porc caramélisé, avec une grimace barbouillée de sauce. Elle tourna la tête vers sa mère qui apostrophait un jeune serveur en chinois, l'obligeant à redescendre aux cuisines avec le plat qu'il tenait à bout de bras – Line avait hâte de laisser derrière elle ces rituels identiques depuis des années, d'aller prendre l'air le plus loin possible, loin de cette chape de plomb familiale, de s'envoler vers des lendemains légers, intenses, exaltants ; elle pensait à Shanghai, ce qu'elle en imaginait, faisait défiler des images connues de la nouvelle Ville Monde, ses buildings ultramodernes, ses hôtels de luxe, leurs défilés de mode, toute la faune d'artistes, d'hommes d'affaires, d'escrocs et de jolies filles qui gravitaient autour. Surtout elle pensait à Vincent.

« L'oncle Zhen t'attendra à l'aéroport. »

Elle avait vu Vincent en tout et pour tout une demi-heure – un quart d'heure à la fête, pas plus lors du banquet – mais c'était suffisant. En plus de son visage de métis un peu pâle, elle avait retenu ce regard dur et chaviré à la fois, ces accès d'ironie voilés d'une ombre mélancolique. Comme si quelque chose lui manquait.

« Mon frère t'a trouvé un studio dans le quartier d'affaires, à Liujazui, juste en face du Bund. A deux stations de la banque. »

Elle repensait à la scène du balcon, ridicule mais bouleversante.

« Tu m'écoutes, Line ? Je te parle de ton stage.

— Oui, bien sûr. Excuse-moi. »

Li regardait sa fille en s'efforçant de cacher par sa froideur un début d'angoisse. Il leva la tête et s'aperçut qu'à la réception, deux hommes attendaient d'être placés. L'un d'eux observait le profil de Line, ses cheveux noirs sagement dénoués mais qui entraînaient le regard vers ses hanches, le pantalon taille basse d'où émergeait sa peau mate. Il donna un coup de coude à son voisin et lui glissa un mot avec une moue salace. Li réprima un frisson. Le regard des hommes sur le corps de sa fille, sa beauté vulnérable face à leur avidité sordide, c'était tout ce qu'il redoutait.

« Tu me parlais du quartier d'affaires, à Shanghai », dit-elle en souriant.

Li fit un geste agacé au serveur planté contre une colonnade, revint à elle.

« La China Merchant Bank n'est pas très loin du studio. Tu pourras y aller à pied sans problème.

— Très bien.

— Le directeur est un ami de Zhen.

— Je ne pense pas que les stagiaires aient affaire à la direction.

— Ça peut aider.

— Ce n'est qu'un stage, Papa.

— Justement. C'est très important, un premier stage à Shanghai. »

Il tripotait machinalement un des portables, vérifiait l'autre.

« Le directeur. Zhen m'a dit qu'il avait un fils – une hésitation rêveuse. C'est un garçon brillant.

— Papa...

— A peine la trentaine. Il est déjà à la tête d'un consortium immobilier.

— Un peu prématuré, le CV du fils, tu ne crois pas ? »

Elle le regardait avec un sourire calme. Elle attendait qu'il se dévoile. Il comprit, se crispa davantage.

« Des relations internationales, c'est important de nos jours.

— Je ne suis même pas encore partie... »

Il reprit le ton condescendant et emphatique qu'il affectait avec ses employés.

« Il faut construire des fondations solides aujourd'hui pour mieux s'élever demain.

— Arrête, s'il te plaît. Ce n'est qu'un stage.

— Ne sois pas désinvolte.

— Ne sois pas si sérieux. »

Personne d'autre que Line ne parlait ainsi à monsieur Li. Elle se radoucit.

« Ne t'inquiète pas. Tout se passera bien. »

Elle se figurait déjà une rafale d'images fugaces, les enfilades de bureaux, les open spaces climatisés, les hommes en costume, probablement peu de femmes, les journées répétitives, les autres stagiaires, les premiers rapports de force, la compétition omniprésente.

« Zhen est en affaires avec lui. Il te le présentera. »

Elle n'écoutait pas. Elle s'emballait intérieurement, imaginait les fins de journée fébriles, les changements de toilette, les préparatifs cosmétiques, la sortie d'un studio anonyme, ivre d'être libre et seule à l'étranger, les promenades sur le Bund, le soleil rouge reflétant les façades sur la rivière, les premières rencontres, les sorties nocturnes dans les hauts lieux de la mégapole, sa modernité totalement neuve, éclatante, euphorique, les premiers contacts. Oui, si elle savait y faire, tout se passerait bien.

«Tu m'écoutes ? Zhen m'a dit qu'il s'appelait Wang. Il lui a déjà parlé de toi.

— C'est pas un peu artificiel, comme approche ?

— Pas du tout. C'est le business. »

Li n'avait pu s'empêcher de dévoiler une fois de plus son obsession des affaires. Pour lui, tout était étroitement mêlé, les rencontres faisaient les opportunités qui faisaient le business.

« Quel rapport avec mon stage ? »

Elle avait durci le ton, se figurant un jeune homme engoncé dans un costume sur mesure, ne parlant que de bilans et de ratios. Un clone juvénile de son père, de son oncle, du banquier, des stagiaires, tout ce monde qu'elle n'avait pas l'intention de fréquenter. Elle avait un mois pour trouver les bonnes connexions à Shanghai. Celles qui lui permettraient de pénétrer le monde opaque et clinquant de la haute couture, des défilés, des stylistes de mode. Un mois pour accéder à ce milieu qui lui était inconnu, malgré ses préparatifs, ses quelques contacts parisiens – c'était peut-être d'ailleurs cette carte exotique qu'elle devrait jouer, une Chinoise de France, une Française de Chine. Elle avait peu de temps alors que là-bas tout allait plus vite, plus loin, plus haut ; à vingt-deux ans, elle frôlait l'âge limite pour faire une carrière sur les podiums. Pas de temps à perdre.

« Le business. C'est le but de tes études, n'est-ce pas ?

— Bien entendu. »

Il se redressa sur sa chaise, chercha parmi les bouteilles vides un fond de bière, se ravisa.

« L'avenir n'est plus ici, Line. Du moins, pour vous, la jeune génération. La génération connectée. Tout est plus ouvert, plus rapide, plus neuf à l'est. »

Elle redoutait déjà la tirade sur les bienfaits de la mondialisation.

« Mais pour réussir, il faut plus qu'un simple *business plan*. Il faut faire jouer les bons réseaux, les bons facteurs de décision. Le garçon dont je te parle en fait partie. C'est indéniable. »

Elle se voyait entrer sur le podium, avancer en roulant des hanches, baignée de musique, entourée de flashs, de journalistes et d'acheteurs, leurs regards extatiques tournés vers ses jambes, le pivot au bout de l'allée, les flashs, encore et encore.

« Les bonnes personnes au bon endroit et au bon moment, c'est la clé. »

Elle s'imaginait vérifier des tirages, donner des interviews, pourquoi pas des reportages télévisés ; elle projeta une image de Vincent zappant sur son visage à l'autre bout du monde et une pointe de culpabilité lui pinça l'estomac.

« Cette clé, tu ne la trouveras pas ici. Pas avec les personnes que tu fréquentes, en tout cas. »

Li abattait son jeu. Imperceptiblement elle se crispa.

« Qu'est-ce que tu veux dire ?

— Ce garçon que tu vois. Un métis, je crois.

— De qui parles-tu ? »

Une alarme lointaine résonnait sous la nuque de Line. Elle venait de comprendre le pourquoi de ce dîner en tête à tête, les précautions oratoires, sa mère restée derrière la caisse.

« Je suis au courant de beaucoup de choses, Line – un silence d'appoint. Tu sais pourquoi le business continue de me réussir, malgré la concurrence ? »

Il ne la lâchait plus des yeux, il avait oublié la salle qui se remplissait, les clients, les serveurs, les plats à demi achevés, les portables.

« Rien ne m'échappe à Belleville. »

La phrase ressassée comme un talisman, depuis son enfance ; l'obsession paternelle qui interférait désormais dans sa vie personnelle.

Elle releva la tête, il avait l'air satisfait, bras appuyé sur l'autre chaise, veste entrouverte, panse rebondie, ses manières qui pesaient des tonnes et qui lui faisaient honte.

« Ce garçon n'est pas fait pour toi. Il n'est pas fréquentable. »

Ce ton péremptoire, comme si tout devait plier sous ses certitudes. Elle repensa au banquet, à la famille qui buvait ses paroles, à son cousin qui ricanait en silence. Et à la gifle lors de la fête.

« C'est Yan, c'est ça ? C'est ce petit cafard.

— Ne parle pas comme ça de ton cousin – plus bas. Même si je ne l'aime pas plus que toi – un œil sur ses portables. Lui non plus n'a pas un grand avenir. »

Elle ne supportait plus ses saillies pseudo-philosophiques, son regard inquisiteur, sa façon indélicate de l'astreindre. Elle ne pensait qu'à s'échapper.

« Ce qui me soucie, c'est toi. Et ce garçon, ce métis – mot qui le faisait grimacer – ne t'apportera rien de bon. Crois-moi.

— Tu ne le connais pas.

— Je le connais. Je pourrais même te donner son nom. Ce qu'il fait dans la vie. A part serveur, bien sûr. »

Il esquissa une grimace méprisante et avant même qu'il ait terminé sa confidence, elle le détesta un peu plus.

« Il fait le photographe. Enfin c'est ce qu'il prétend. »

Line eut un pincement au cœur. Photographe. Elle comprenait mieux ce qui l'avait attirée. Quelque chose d'irrationnel les reliait. Sa sensibilité à fleur de peau, comme s'il allait s'effondrer à chaque instant, ou au contraire, exprimer une joyeuse ironie ; ce regard particulier, parfois lointain, presque intimidant, comme s'il passait tout événement sous un scanner poétique ; sa manière fugace de l'observer quand il pensait qu'elle ne le voyait pas.

Monsieur Li surveillait la salle maintenant pleine, la clientèle, le ballet des serveurs empressés – comme il leur avait appris.

« Un bon à rien, comme tous ceux qui traînent dans le quartier.

— Tu devrais réviser tes préjugés, Papa. »

Elle avait adopté le même ton que lui, avec une pointe d'ironie qui le déstabilisait ; où était passée l'adolescente timide dont il conservait l'image comme une relique pieuse ? Un portable vibra sur la table, il décrocha en se tournant de trois quarts, lança quelques ordres en chinois pendant qu'elle se levait. Derrière la caisse, sa mère n'avait pas bougé d'un pouce, seule sa tête pivotait d'un serveur à l'autre. Il raccrocha pendant que Line repoussait sa chaise.

« Tu ne manges pas ?

— Il faut que je me lève tôt. Des paperasses à régler.

— Line. Je te trouve distante, en ce moment.

— Peut-être parce que je suis déjà sur le départ. »

Quand elle se pencha vers la chaise pour attraper son sac, il lui prit le poignet, sans pression mais avec fermeté. Il tentait d'afficher un sourire rassurant mais ses yeux exprimaient l'inverse. « La face, Line. Ne me fais pas perdre la face. »

Elle se libéra de l'emprise, avec un petit geste tendre de la main, qu'elle prolongea jusqu'à sa mère, et sortit du restaurant.

Dehors la nuit était tiède, la rue de Turenne vide, une belle perspective bleu sombre, tranquille, ponctuée de la lueur jaune des réverbères. Elle n'avait pas fait vingt mètres quand le 4 × 4 démarra, déboîta en souplesse, se rapprocha à vitesse réduite.

« Je te ramène ? »

Elle pressa le pas en entendant la voix aigre de Yan sur fond de rap local. Il la regardait, vitre baissée, jouant de l'embrayage pour rester à sa hauteur.

« Ne te donne pas cette peine.

— Au contraire, ça me fait plaisir.

— Puisque tu parles de plaisir... va te faire foutre ! »

Il éclata de rire, laissant rugir le V8 en écho, avançant par à-coups au rythme des basses. Il ponctuait le tempo d'un mouvement de tête saccadé et lui aussi portait, plantées sur le sommet du crâne, ces lunettes fumées bon marché qu'on trouvait sur tous les étalages du quartier. Un klaxon déchira la nuit, une voiture à l'arrière lançait des appels de phare énervés. Le 4 × 4 pila net, Yan s'éjecta, portière grande ouverte, chaloupa vers le chauffeur, un quadragénaire au tee-shirt près du corps, au cou épais, crâne rasé.

« Il y a un problème, monsieur ?

— Dégage, avec ton 4 × 4 de merde.

— Depuis quand tu me tutoies, fils de pute ! »

Yan avait saisi l'homme à la gorge et serrait la glotte comme on broie une cannette. Le conducteur s'asphyxiait, s'accrochait des deux mains aux doigts de Yan, ses bras massifs se gonflaient mais il ne pouvait rien contre la fureur du petit malfrat en costume. Il commençait à tourner de l'œil quand Line se jeta sur son cousin.

« Laisse-le tranquille ! Tu vas le tuer ! » cria-t-elle pour le faire lâcher prise. Il ne bronchait pas, regardait l'homme, sa cousine, l'homme à nouveau. Totalement absent.

« Lâche-le et ramène-moi à la maison. »

Il desserra l'étau, repoussa violemment la tête du chauffeur sonné, jaugea Line avec un large sourire.

« Tu vois, quand tu veux. »

Le 4 × 4 démarra en trombe. Aux fenêtres allumées il n'y avait personne, aucun témoin de la scène.

Ils roulèrent un moment sans rien se dire. En quittant la place de la République, Yan monta le volume du rap qui faisait trembler les vitres et vibrer la chaussée sur son passage. Des gens se retournèrent sur le crissement des pneus qui fonçaient vers le quai de Valmy. Hors d'elle, Line coupa le son.

« A quoi tu joues, Yan ? Tu ne peux pas te conduire... normalement ? »

Il regardait devant lui, grimace figée en guise de sourire.

« Peut-être que tu me fais perdre la tête – une main qu'elle repoussa violemment. Ma petite porcelaine de Chine.

— Va raconter ça à ton oncle. Il appréciera. »

Il prit un accent chinois de caricature.

« Monsieur Li, ouh la la, j'ai peur. »

Son éclat de rire se perdit dans le rugissement du V8 remontant avec fureur une rue étroite qui menait à Belleville.

8

Avec une lame de rasoir, Vincent décollait le film transparent autour de la boîte en fer blanc. La femme flic n'avait pas menti : elle n'avait pas été ouverte.

Dedans, il y avait une série de photos en couleur, vieillies par le temps, fendillées par endroit, usées sur les bords. Quelques clichés et rien d'autre.

Les deux premières photos représentaient un couple de jeunes gens radieux et élégants, à l'angle d'une avenue devant un bâtiment colonial de deux étages, aux fenêtres ajourées de stores en bois, aux arcades plongées dans l'ombre. Une enseigne en tissu défraîchi s'étendait le long de la façade, sur laquelle on pouvait lire, en lettres art déco, « Asian Palace ». On apercevait quelques voitures, pour la plupart des années 50, certaines plus récentes. Le couple posait fièrement à côté d'un modèle rutilant, une américaine rétro, à la calandre et aux phares chromés. Vincent reconnut immédiatement Marie-Paule, très jeune, vingt ans peut-être, d'une beauté éclatante, hâlée, cheveux blonds tirés en arrière, avec ses yeux clairs et un sourire éblouissant. A ses côtés, un jeune Asiatique, un peu plus âgé, en costume tropical, à pochette et larges revers, ses cheveux noirs lustrés à la gomina brillant au soleil. Sans l'avoir jamais connu, Vincent devina qu'il s'agissait de Hang, son père. C'était une telle évidence, une ressemblance si troublante : c'était lui, en plus mat, en plus brun. Quasiment au même âge, peut-être davantage. Hang. Mort à Paris un samedi d'été orageux de 1991, dix ans plus tard. Accident de la circulation. Vincent avait à peine douze mois.

Dao en parlait parfois, à demi-mots, quand il était enfant et qu'il passait de longs week-ends chez elle, tandis que Marie-Paule se débattait seule désormais avec la gestion du restaurant. A l'adolescence, Dao avait cessé de lui en parler, comme si les souvenirs s'estompaient avec le temps ; Marie-Paule non plus n'y faisait pas allusion, laissant ce silence de plomb devenir le caveau d'un père inconnu. Ce fantôme, désormais, Vincent le tenait entre ses mains.

L'autre photo présentait le même établissement sous un autre angle, avec quelques passants en chemisette et pantalon à haute taille, tous asiatiques. Le même couple radieux posait, cette fois avec Dao, toujours aussi menue mais encore brune, la cinquantaine peut-être, serrée dans un sarong pourpre, tenant le bras de son fils ; elle souriait à peine, mais Vincent l'avait-il vue un jour sourire franchement ? Sur ce cliché-là était inscrit à la main l'inscription « Cholon, 1972 » et en quelques clics d'ordinateur, Vincent comprit que c'était le quartier commerçant de Saïgon, devenue Hô-Chi-Minh-Ville à la fin de la guerre du Vietnam, un quartier prospère tenu depuis toujours par les Sino-Vietnamiens.

Trois autres clichés tranchaient avec ces deux images de bonheur apparent. Trois photos qui représentaient le chaos.

L'une était cadrée de travers derrière le pare-brise d'une voiture, comme prise entre deux soubresauts. Un mètre devant, une jeep révélait dans un flou précipité Marie-Paule et Dao, assises face à face, à l'arrière du véhicule, crispant leurs bras sur des bagages ; Dao était tournée vers le chauffeur, Marie-Paule regardait l'objectif avec une expression traquée, les cheveux en bataille. Sur le bord droit, une colonne de gens marchait en désordre, portant des baluchons et des sacs de vivres ; à gauche s'étendait un ciel sombre d'où s'élevaient des colonnes de fumée.

La seconde montrait Hang aidant Dao à se hisser d'une barque sur le bateau d'où – supposait Vincent – Marie-Paule avait pris le cliché. La troisième avait été photographiée de nuit, au flash. Elle révélait une jonque prête à rompre, où s'entassaient une trentaine de personnes au milieu desquelles Vincent apercevait sa famille ; tous les visages étaient pâles et tendus, figés par le halo de lumière brute au-delà duquel on discernait dans le noir l'écume d'une mer démontée. Tout ce que Marie-Paule et Dao n'avaient jamais voulu dire tenait en quelques images conservées dans une boîte en fer-blanc. Les « événements » du Vietnam. La chute de Saïgon. L'exode des boat people.

Une sixième photo glissa des mains de Vincent. Elle était plus récente, plus colorée, moins usée par le temps. Il identifia tout de suite la façade du Dragon Céleste, beaucoup plus neuve qu'aujourd'hui. Devant le restaurant posaient Marie-Paule et Hang, la trentaine environ. Leurs sourires réservés, hésitants, semblaient contenir toute la trajectoire qui les avait menés en une décennie d'un quartier prospère de Saïgon à un arrondissement populaire de Paris. En retrait se tenaient trois commis de cuisine, deux Arabes et un Asiatique. Vincent reconnut immédiatement monsieur Li. Beaucoup plus jeune, beaucoup plus mince, mais c'était lui. Que faisait-il, il y a plus de vingt ans, derrière ses parents, en tenue d'apprenti cuistot ?

Un SMS l'arracha à ses spéculations. C'était Marie-Paule qui l'attendait devant chez Dao, puisque lui seul avait le double des clés. Il répondit qu'il arrivait, rangea les photos dans la boîte, prit son sac à dos, hésita pour le Leica puis le laissa sur le lit : trop de visages le renvoyaient à trop d'interrogations personnelles, il n'avait pas la tête à se pencher sur les fragments de la vie des autres.

Il prit le métro, sortit à la station Télégraphe pour rejoindre la rue de Romainville ; il faisait toujours chaud malgré l'ombre qui envahissait les immeubles, les fenêtres étaient ouvertes, des gens y prenaient le frais, d'autres rentraient du travail en bras de chemise.

Adossée à un horodateur, Marie-Paule le regardait approcher, grave et attentive. Il ressemblait vraiment à son père, en plus grand, en plus pâle aussi, mais il avait une démarche différente, celle faussement nonchalante et balancée des jeunes adultes d'aujourd'hui, avec leurs écouteurs aux oreilles, comme si la musique était un filtre permanent pour adoucir l'époque.

« Elle rentre quand ?

— Demain matin. La clinique a un service d'ambulanciers, ils la déposeront avant midi. »

Marie-Paule jeta sa cigarette dans le caniveau, précéda Vincent dans le hall de l'immeuble.

« Tu t'es remise à fumer ?

— Je serai là demain pour l'accueillir mais je ne traînerai pas, j'ai rendez-vous avec l'assurance. »

Dans l'ascenseur exigu, un néon blafard éclairait leurs visages.

« Ça se passe comment, à l'hôtel ?

— J'ai payé une semaine d'avance. C'est pas terrible mais je verrai après. J'espère tout régler au plus vite.

— Tu pourrais peut-être demander à Dao. Rester quelques jours chez elle.

— C'est hors de question. »

Marie-Paule avait retrouvé l'expression froide qui tirait sa bouche vers le bas. Elle était belle tout de même et Vincent regretta l'absence du Leica, un beau cliché, eux deux engoncés dans la cabine, le corps à moitié plongé dans l'ombre, le néon du plafonnier éclairant les pommettes de Marie-Paule, sa nuque tendue reflétée dans la glace.

Dans l'appartement, ils avaient ouvert en grand les fenêtres en les agitant avec acharnement.

Dans la minuscule cuisine, Vincent retira de l'évier une assiette où gisaient les restes informes d'un *durian* épluché qu'il jeta à la poubelle. En plissant le nez, il attrapa le sac, noua les liens et le déposa sur le bord de la fenêtre. « Ça sent la mort, ce truc. »

Marie-Paule avait déjà rangé une partie du capharnaüm de vêtements, de livres, de bouteilles en plastique et de sacs de courses à moitié remplis.

« Ça va aller, pour demain ? Tu veux que je t'accompagne ? »

Vincent s'était accroupi près d'elle et il déposait des objets hétéroclites dans un panier en osier. Elle releva la tête, occupée à ranger des photos dans un vieil album.

« Non, je me débrouille. Mais je crois que ça ne va pas s'arranger. Si tu peux venir dormir demain soir, ce serait mieux.

— Pas de problème. Je me libérerai. »

Elle regardait par la fenêtre, assise contre le rebord du canapé. Il profita de cet instant d'abandon pour dérober dans l'album entrouvert une petite photo en noir et blanc, aux rebords dentelés. Un portrait de Hang en jeune homme, plan buste façon Harcourt, cheveux gominés sur peau mate, yeux au-delà de l'objectif, amorce de costume noir sur chemise blanche et nœud papillon de soie. Sourire confiant. Vincent glissa la photo dans sa poche de chemise, regarda Marie-Paule. Elle fumait à nouveau, silhouette sèche profilée sur fond de soir clair, enveloppée de volutes montant vers le plafond. Il chassa la vision d'un potentiel cliché, essaya d'imaginer le temps qui séparait cette union avec un jeune dandy de la bonne société vietnamienne des Colonies, des épreuves qui s'accumulaient aujourd'hui. Ce n'était pas le moment de parler du passé, de raviver maladroitement ce qu'il devinait avoir été une parenthèse enchantée, d'harmonie, de confort et d'insouciance avant les premiers coups de semonce des troupes d'Hô-Chi-Minh, la chute de Saïgon. Il ne savait rien de cette époque, ou si peu, ne tenait pas à en savoir plus. Mais la présence de monsieur Li sur la photo du couple devant le restaurant le troublait. Il imaginait confusément que ce lien ancien avait un rapport avec les événements qui se succédaient depuis une semaine. Marie-Paule écrasa sa cigarette dans un verre et reprit le ménage. Elle avait assez d'ennuis comme ça. Dans une intuition soudaine, il décida qu'il ne la perturberait pas davantage avec ses questions.

Nouveau SMS. C'était Line. « Une fête ce soir, ça te dit ? » Il hésita, regarda sa mère penchée sur le parquet, pianota une réponse. « Je crois que je vais prendre un abonnement. » Un sourire s'afficha aussitôt.

« Tu peux filer, je vais finir. » Il l'embrassa rapidement, se retourna devant la porte d'entrée. Elle était assise en tailleur, en jean et pieds nus, une chemise d'homme froissée sur le dos ; une lumière un peu glauque découpait sa silhouette qui paraissait celle d'une adolescente. Elle regardait une photo tirée du vieil album, une mèche cendrée retombée sur sa joue. Il pensait au Leica. « Je te retrouve demain pour accueillir Dao. »

Il marcha longtemps en se laissant porter par la pente douce des rues. Il n'avait pas mangé depuis midi et il entra dans une supérette encore ouverte, rue de Belleville.

« Monsieur Chêne. » Une voix douce mais ferme.

Anaïs Benoit lui souriait légèrement – toujours ce petit air crispé –, un panier de courses à la main. Il prit une cannette de bière et un sandwich sous cellophane au rayon frais, laissa passer la lieutenante dans le couloir minuscule, effleura sa hanche, sentit son parfum, une fragrance légère et fleurie, et la suivit vers la caisse.

« Je ne veux pas vous déranger. Comment va votre mère ?

— Elle loge à l'hôtel, à deux pas du restaurant. Elle a lancé les premiers travaux hier – un regard. Vous finissez tard.

— On ne compte pas les heures, dans la police. »

Elle finissait de ranger ses courses dans un sac plastique, releva la tête.

« Votre mère. Son restaurant, elle n'avait pas l'intention de vendre ?

— Aucune idée. Elle n'est pas très causante sur ses affaires. Quel rapport avec l'incendie ?

— Une pratique courante. Des petits malins repèrent de bons emplacements. Y mettent le feu pour en réduire la valeur. Et rachètent à bas prix. »

La lieutenante se dirigeait vers la sortie, elle s'arrêta un instant.

« C'est une simple hypothèse. Rien de tangible. L'enquête suit son cours. »

Vincent avait une demi-heure pour prendre une douche et rejoindre son service chez son oncle ; les restaurants asiatiques fermant tôt, il serait à la fête de Ling pour minuit. Un bon timing.

En poussant la porte de son studio, il prit sa décision : il enquêterait seul sur monsieur Li. Et sur les manœuvres du cousin de Line. Au besoin, il tâcherait de se renseigner auprès d'elle. Discrètement. Il jeta son sac sur le lit, sortit de sa poche la photo de son père, la punaisa au-dessus du lit, à côté de celle du couple posant devant le Dragon Céleste.

9

Les derniers clients venaient de partir, les cuistots sri-lankais s'étaient éclipsés sans attendre. A la cuisine, un commis grattait une plaque de cuisson avec l'énergie du désespoir. Vincent aidait un serveur à ranger les tables, son portable à la main. Pas de message, et pas d'heure précise pour débarquer à la fête. Il avait hâte de voir Line, de retrouver sa silhouette gracile, de croiser son regard avec le même petit court-circuit cardiaque que la première fois.

« Pensez à sortir les poubelles avant de partir. Sans faire de bruit, ça dérange les voisins. »

Derrière la caisse, Qiang était plongé dans ses comptes. Vincent sentait les effluves de cuisine s'échapper de sa chemise – il faudrait passer se changer au studio. A la porte, veste sur l'épaule, il hésitait.

« Tu as besoin de moi, dans la semaine ?

— Pas avant samedi soir. Arrive tôt, il y aura du monde. Vincent... »

Avec son éternel air préoccupé, l'oncle Qiang lui fit signe d'approcher et Vincent s'exécuta en soupirant.

« Si je peux te donner un conseil. Evite de fréquenter cette fille. Celle du banquet, l'autre soir.

— Eh bien, les nouvelles ne traînent pas.

— Tout se sait très vite. Belleville est un village.

— Tout le monde sait tout. Sauf moi, visiblement. »

Qiang avait cessé de raturer ses tickets de caisse et le fixa d'un air songeur.

« Moins tu en sais, mieux ça vaut. Ne te mêle pas de cette famille, Vincent. C'est du trop gros poisson pour toi. »

Sur le point d'exploser, Vincent parvint à n'exprimer qu'une colère froide.

« On n'est plus au Moyen-Age. Chacun fréquente qui il veut.

— Ça ne marche pas comme ça. Pas avec monsieur Li. Il vit en France depuis trente ans, mais il reste un Chinois traditionnel – moue pincée. Un paysan du Whenzou.

— On est à Belleville. En 2014. »

Qiang le regarda attentivement, comme s'il prenait soudain conscience que son neveu n'était plus un enfant. Il hésita puis ajouta à voix basse.

« Tu es un métis. Ça ne passera jamais auprès des Li.

— C'est n'importe quoi.

— Tu es une banane. Tu seras toujours une banane. Que tu le veuilles ou non. »

Vincent partit en claquant la porte. Qiang le regarda s'évanouir dans le noir. Il chuchota pour lui-même : « Une banane à peine jaune pâle. »

Vincent regagna son studio, trois cents mètres d'air tiède, de voitures coincées sur le boulevard, de groupes parlant avec éclat. Belleville vivait à l'heure espagnole.

Il prit une douche rapide, trouva une chemise bleu pâle, à peu près repassée. Il hésita, enfila une veste légère, des baskets en bon état. D'après le SMS, la fête avait lieu dans une boîte tendance, du côté de Pigalle. Il était minuit passé, il y serait dans moins d'une heure.

Quand il ressortit, la température était toujours aussi douce ; il décida de marcher jusqu'à République pour s'éviter l'air vicié du métro en juillet. Il longea les vitres encore illuminées d'un fastfood, dépassa le 4 × 4 sans l'apercevoir. Quand il fut à une vingtaine de mètres, les deux sbires de Yan ouvrirent les portières en douceur, se séparèrent sans un mot, chacun sur un trottoir, suivant Vincent à une distance raisonnable.

Deux cents mètres avant République, Vincent passa devant la façade d'un coiffeur, couverte de petits miroirs de coquetterie. Il repéra un reflet mouvant, devina un homme en costume dans l'obscurité, jeta un coup d'œil en arrière. Un autre homme, identique au premier, semblait téléphoner plus loin, dans l'encoignure d'une porte.

Il sourit et, sans presser le pas, s'amusa à les défier. A un angle de rue, il s'arrêta comme s'il cherchait sa route, puis retourna sur ses pas. Les hommes se figèrent, chacun posté devant une immeuble. Ridicule et réjouissant. Il reprit son chemin, coupa par une rue en biais, détala brusquement, accéléra dans un beau sprint continu et jubilatoire. Dans son élan, il entendait le claquement des souliers de cuir qui s'amenuisaient derrière lui – pas faits pour la course. Il coupa dans une ruelle sombre, traversa en trombe le boulevard Magenta entre deux taxis, calculant sa foulée pour ne pas avoir à ralentir. Il prolongea sa course dans une rue parallèle, reprit son souffle et repartit au petit trot. Le bruit de ses pas résonnait dans les rues endormies.

Il déboucha sur le boulevard de Strasbourg, en face de la station Château d'Eau. Sous la veste, la sueur collait à son dos. Il traversa, hésita devant la station ; près des balustrades les habituels traînards du quartier discutaient, d'autres rôdaient en silence autour d'un groupe de prostituées. Il regarda au loin, distingua un des sbires, portable à l'oreille. L'homme leva la tête, le repéra.

Vincent descendit les escaliers de la station quatre à quatre, accéléra dans les couloirs, pila sur le quai désert, à l'exception d'un clochard enfoui dans des cartons. Un panneau électronique annonçait le dernier train dans une minute. A l'autre bout du quai, un homme approchait, un vieux Malien avec des sacs bourrés de vêtements. Le panneau indiquait « train à l'approche » quand un des sbires surgit sur le quai d'en face. L'homme avisa Vincent, regarda la voie, hésita, tourna la tête vers le tunnel où approchaient deux phares luminescents. Il leva la tête. Vincent lui souriait, un majeur provocateur dressé dans sa direction. Le métro coupa le duel des regards dans un crissement métallique. A travers les wagons qui ralentissaient, Vincent distingua l'homme qui traçait le long du couloir opposé de la station. Vincent entra dans le wagon, se posta face à la porte et attendit. Dans le compartiment cuvait un zonard, deux Noirs s'absorbaient dans un jeu vidéo, une femme mûre dormait.

La sonnerie de départ retentit, rythmée par une cavalcade de pas précipités. La porte se referma dans un chuintement bruyant et les deux sbires se jetèrent dessus avec frénésie. Le wagon s'ébranla doucement, les silhouettes diminuèrent, accompagnées d'un double doigt d'honneur croisé en guise d'adieu.

Une petite foule patientait devant l'établissement, contenue par un portier d'un bon quintal, au crâne lisse comme une boule de billard. Vincent tenta le coup du regard blasé, tendit au videur son portable sur lequel brillait le sésame fluorescent de l'invitation. Ça marchait. Il pénétra dans une nappe sonore continue, parcourut la salle bondée. Pas trace de Line. Il parvint à se frayer un passage jusqu'aux toilettes, actionna le sèche-mains électrique, souleva sa chemise et patienta au son de la musique qui vrombissait en sourdine à travers les murs. Une fois sec, il remonta vers la piste, se cala près du bar, cherchant du regard une silhouette familière parmi les danseurs ; sur un écran géant, des mannequins filiformes défilaient, synchrones avec le rythme d'une techno industrielle mixée de salsa. Il commanda un gin tonic, monta dans les étages. Le restaurant était à peine moins peuplé qu'au sous-sol mais plus calme, des groupes volubiles occupaient toutes les tables, d'autres se pressaient du côté du bar ; une faune de top models et de starlettes, de designers et de stylistes aux tenues étudiées s'exhibaient sous leur meilleur jour, un peu clinquant, subtilement original, regard fiévreux ou blasé suivant les circonstances. Des hommes plus vieux, en costume classique et bien coupé, tentaient de rester dans la course. Rien à voir avec les fêtes bon enfant et fauchées de Belleville.

On lui tapa sur l'épaule, c'était Line. Plus maquillée qu'il ne l'avait jamais vue, un fourreau noir près du corps, à col Mao brodé de motifs chinois, largement ouvert sur une poitrine menue. Ses cheveux noirs relevés en chignon ébouriffé, elle irradiait.

« Je te présente Martin, un ami photographe. Martin, Vincent... »

L'homme mal rasé hocha la tête, le regard attiré par des modèles qui pouffaient de rire à l'autre bout du bar. Line trinqua avec Vincent qui détaillait le bonhomme, jean délavé et vieilles Santiags, ventre de buveur de bière, cheveux mi-longs en arrière, dégarni sur le sommet. Line posa sa main sur son bras.

« Vincent aussi est photographe. »

Le quadragénaire quitta des yeux le groupe de filles, revint vers Vincent qui patientait en souriant. Un brouhaha continu se mêlait à un folk-rock d'inspiration brésilienne. A chaque table, l'air semblait vaporisé d'une substance euphorique.

« Ouais. Quel genre de photos ?

— Plutôt du reportage... Enfin, pas du journalisme. Des portraits... mais inscrits dans leur environnement. Des sujets libres, aussi. Avec un contexte. »

Il s'embrouillait, sentait confusément que son ton sérieux était déplacé. Line semblait pourtant l'encourager du regard – elle était vraiment radieuse. Il tenta d'être plus léger.

« Enfin, j'essaie.

— Ok. Tu fais dans l'art, quoi – un silence de plomb. Ça rapporte ? »

Sans attendre de réponse, le photographe se pencha vers Line.

« Pour les tirages, passe à la maison avant de partir. J'aurai des épreuves toutes fraîches demain. Ciao. »

Malgré une pointe de réticence, l'homme embrassa Line dans le cou et se dirigea vers le groupe de starlettes. Line regardait son verre, Vincent brisa la gêne en faisant signe au serveur.

« Tu reprends quelque chose ?

— Un mojito, pourquoi pas.

— Tu le connais bien, ce mec, on dirait.

— Pas plus que ça. Une relation... par une copine de fac.

— Il parlait de départ. Tu poses pour lui ?

— Ça m'arrive.

— Un plan glamour sur la Côte ?

— C'est arrivé aussi. »

Vincent tendit le verre à Line, conscient qu'il abusait avec cet interrogatoire digne d'un amant ombrageux. Il tenta de se rattraper en trinquant à nouveau.

« Tu fais ce que tu veux de ton corps, hein.

— C'est clair.
— Tu pars où bon te chante. Je suis pas ton chaperon.
— Manquerait plus que ça ! »
Il encaissa la réplique, vida son verre d'une traite, Line ne le quittait pas des yeux. Elle vacilla légèrement, le prit par l'épaule.
« Si on allait danser ? Je suis sûre que tu bouges bien. »
Ils descendirent les marches avec précaution. Line, en équilibre sur ses talons, sa main dans la sienne, une main chaude et sèche. Il sentait ses hanches frotter contre les siennes par intermittences. Puis ils plongèrent dans la musique et la foule moite.

Peu à peu ils se découvraient dans le flux et le reflux des corps serrés, communiaient dans la relance d'un morceau connu, complicité sensuelle exacerbée par l'alcool. Ils se frôlaient, se déplaçaient, se serraient l'un contre l'autre pour mieux se détacher, se regardaient en éclatant de rire, s'éloignaient, revenaient l'un vers l'autre en ondulant. Vincent était un bon danseur.

A 4 heures du matin, le DJ eut la présence d'esprit de lancer des slows un peu surannés que toute l'assistance accueillit avec une clameur de satisfaction. Ils se retrouvèrent, blottis l'un contre l'autre, en sueur, cœurs battant de fatigue et d'émotion. La joue de Line se cala contre son cou, un souffle chaud l'envahissait. Dans un mouvement tout en retenue Vincent resserra son étreinte puis, lentement, doucement, il effleura la nuque de Line, posa ses lèvres juste sous son oreille, la poitrine prête à exploser. Il insista et le cou se courba, répondit à son appel.

L'instant d'après, ils s'embrassaient passionnément, plongés dans le noir et les lumières intermittentes.

Ils avaient quitté la boîte au lever du jour, une aube de juillet limpide et sans nuages, célébrée par le chant éclatant d'un merle urbain. Ils marchaient dans Pigalle désert, Vincent soutenant Line, encore un peu ivre, en équilibre sur ses talons. Il dirigeait leurs pas hésitants en l'embrassant dans le cou, et à chaque baiser Line fermait les yeux, s'arrêtait un instant.

« Emmène-moi au bout du monde, Roméo. »

Elle pouffa d'un petit rire aigu, trébucha, se raccrocha à la taille de Vincent.

« Je préfère quand tu m'appelles Vince, Juliette.

— D'accord mais évitons leur destin tragique.

— C'est-à-dire ?

— Tu n'as jamais lu *Roméo et Juliette* ?

— Je ne suis pas très littéraire.

— La fin est triste mais leur amour est ce qu'il y a de plus beau.

— Ça a l'air mortel, ton truc. »

Vincent frappa au carreau d'un taxi antillais, aux yeux lourds et pochés.

« Boulevard de Belleville. Je vous guiderai. »

Line s'écroula sur la banquette arrière, Vincent la redressa, la calant contre son épaule.

« Emmène-moi où tu veux. Mais pas chez moi. »

Vincent poussa la porte du studio, où une lumière douce éclairait un parquet à l'ancienne. Il y avait juste un lit aux draps blancs, un ordinateur, une planche posée sur tréteaux. Deux chaises sur lesquelles s'empilaient des livres de photographes.

« Mon royaume minuscule, murmura Vincent en prenant Line par les épaules.

— J'ai très envie d'en faire le tour. »

Elle se détacha de lui, se retourna à un mètre de distance, éclairée par un rai de lumière. Il ne disait rien, ne bougeait plus, et dans ses yeux brillait la peur irrationnelle de voir s'évanouir cette apparition. Elle le regarda en dégrafant son fourreau noir, bras levés, coudes fléchis, deux ailes fines au-dessus de sa tête. Le vêtement tomba à ses pieds dans un chuchotement soyeux, elle était nue, perchée sur ses talons, légèrement déhanchée. Dans le clair-obscur de la chambre, un mirage prenait forme devant ses yeux, une déesse asiatique aux courbes sensuelles, à la peau un peu mate, ponctuée de quatre méridiens sombres : un chignon en plumeau, des yeux en amande noirs, des seins aux aréoles brunes, un pubis comme la pointe d'un pinceau. Un mélange parfait de pureté, de poésie et de sexe, sur des jambes interminables.

Il tendit le bras vers elle, caressa la courbe de son cou, suivit l'arrondi de l'épaule, le pli du coude, le creux de la taille, l'attira vers lui, prit sa nuque dans sa main. Elle se laissait faire, répondait à ses baisers avec une gourmandise sereine. Quand ils reprirent leur souffle, que Vincent fut torse nu contre elle, Line murmura en le regardant dans les yeux : « Je te préviens. Je suis vierge. »

Il flottait entre deux eaux, chaudes comme des draps. Il s'étira, laissa un bras retomber sur le parquet, sentit glisser un souffle d'air tiède sur sa peau. Au-dessus de lui, un faisceau de lumière diffractait ses rayons dans la pièce. Il ferma les yeux pour laisser son corps se mouvoir dans un monde enveloppé d'ombre et de clarté, de silence et de murmures aquatiques. Il pensa qu'il se rendormait puis le son progressa en vibrations hachées, sifflements aigus, sirène d'alarme. Il eut l'impression d'étouffer, émergea brusquement d'un oreiller épais et brûlant. Contre la vitre de la chambre vibrait par saccades une alarme de voiture. Des rumeurs automobiles montaient au loin sur le boulevard, claquement de portières, klaxons, grondements de moteurs. Il étendit un bras sur le lit, puis la main. Palpa du vide, tourna la tête. Line avait disparu. Un spasme pointa au niveau du cœur, il se leva d'un bond, dans la pièce qui tanguait légèrement. L'écran de veille de l'ordinateur indiquait midi. Posée sur le clavier, il y avait une feuille. Une lettre manuscrite. A l'instant de la lire, il aperçut au centre du lit baigné de lumière, étoilée dans les draps, la rosace écarlate d'une tache de sang.

10

Le brigadier roux était penché sur le bureau d'Anaïs Benoit qui paraphait des bordereaux d'un trait rapide, concentrée sur sa tâche. L'homme, un quadragénaire ventru, ne pouvait pas s'empêcher de jeter un œil sur le corsage entrouvert. Elle referma le dossier, croisa le regard du brigadier, et lui tendit le dossier d'un geste sec, manière de couper court à la promiscuité. On frappa à la porte et le brigadier ouvrit à un homme jeune, cheveux noirs ondulés et brillants, teint mat, en jean et blouson.

« Morel ? » Le brigadier se retourna. La lieutenante le jaugeait d'un air froid. Elle indiqua du menton la chaise posée face au bureau, lâcha : « La prochaine fois, restez à votre place. Brigadier. » Le quadra blêmit et s'éclipsa. Elle fit signe au jeune homme brun d'approcher, montra l'ordinateur.

« Vous avez pu récupérer toutes les bandes ?

— J'ai fait un tri. Les moments significatifs. Il y en a pour des heures, sinon.

— Bien. Asseyez-vous et montrez-moi. »

Le jeune homme introduisit la clé USB dans l'ordinateur, pianota fébrilement sur le clavier. Elle le regardait trier les dossiers, sélectionner les extraits choisis à une vitesse stupéfiante. Génération *geek*. Vingt-cinq ans, tout au plus.

« Vous êtes ici depuis longtemps ?

— Trois mois. Je prépare le concours interne.

— Vous vous plaisez ?

— Pas mal. Et puis c'est mon quartier. »

Le stagiaire avait fini d'installer les fichiers vidéo, classés de façon chronologique.

« On y va ?

— Allez-y. »

Il faisait défiler les séquences en accéléré, stoppait, revenait en arrière, isolait une scène. Synthétique et efficace. Jaunâtre, filmées de nuit, les images étaient un peu floues mais correctement éclairées ; on voyait des badauds défiler et repartir, des voitures stopper puis disparaître, des lumières s'allumer et s'éteindre, curieux anachronisme d'un film muet calé sur l'imagerie d'une série B. La lieutenante tentait de suivre la cadence infernale du jeune flic. Penché sur son clavier, il semblait jubiler.

« Heureusement qu'on a une banque au carrefour.

— Le quartier change. Des agences immobilières et des banques...

— Leur vidéosurveillance est meilleure que celle de la voirie – piano sec sur les touches. Là, ça devient intéressant. »

Un 4 × 4 se garait le long du trottoir, en face du restaurant. Deux pantins en sortaient, avançaient en sautillant, disparaissaient dans l'impasse voisine.

« Regardez, ça va être énorme. »

Les deux pantins réapparaissaient, sautillaient à nouveau vers le véhicule mais le 4 × 4 restait immobile. Les vitres du restaurant se teintaient de lueurs légères, puis éclatantes, s'illuminaient de flammes qui léchaient le premier étage. Le 4 × 4 disparaissait pendant que les premiers badauds s'affolaient, tournaient en rond comme sur un carrousel. L'extrait se figeait sur l'arrivée d'une voiture de la BAC. Anaïs Benoit commentait à voix basse.

« On a un flag', c'est déjà ça. Le chauffeur n'a pas bougé, on peut l'identifier ? »

Le stagiaire secoua la tête, revint en arrière, fit un zoom sur la voiture.

« On n'a rien. Vitres fumées, un classique – il revint sur les deux pantins. Eux par contre, c'est des Noiches.

— Vous êtes sûr ?

— Certain. Les costards, le gabarit, l'allure générale. En tout cas, c'est pas des Rebeus. Pour une fois. » Sourire ironique à la lieutenante qui ne releva pas.

« Un conflit interne à la communauté ?

— Pour moi, ça sent plutôt l'embrouille de petits mafieux. »

Anaïs Benoit l'observait du coin de l'œil. Il avait l'air concentré et excité à la fois. Un candidat motivé.

« C'est quoi, votre nom ?

— Bouani. Yassine Bouani. Je préfère Yassine.

— Ok, Yassine, vous avez un peu de temps entre vos cours et le stage sur place ? »

Il s'arrêta de sourire, impressionné par la présence de sa supérieure aussi près de lui. Troublé par son léger parfum.

« Vous êtes du coin, c'est bien ça ?

— Je suis né à cinq cents mètres. Je connais Belleville comme ma poche.

— Ça vous dirait de m'aider sur cette affaire ? Le volet informatique pour commencer.

— Carrément. J'aime bien le terrain, aussi. »

Il rayonnait. Les semaines de stage « café et sandwich » venaient de se volatiliser.

« Le restaurant... ça ressemble à du racket. De l'extorsion de fonds commercial.

— C'est clair. Ils foutent le feu et rachètent pour des cacahuètes.

— Tâchez de vous renseigner.

— J'ai d'anciens potes qui tiennent des commerces. Détail, gros, demi-gros. Des vrais Noiches de Paris.

— Soyez discret. Nos lascars ne sont peut-être pas du quartier.

— C'est possible. Mais un 4 × 4 Cayenne à Belleville, ça ne court pas les rues. On doit pouvoir en savoir plus. »

Anaïs Benoit sortit son portable, histoire de faire sentir à Yassine que l'entretien était terminé. Ne pas rester enfermée trop longtemps avec un stagiaire dans un bureau. Surtout en tant que femme tenant la maison depuis à peine six mois. Elle lui ouvrit la porte avec un sourire qui se voulait complice.

« On fera le point chaque jour en fin d'après-midi. Jusqu'à ce qu'on ait du concret. »

Un soleil d'après-midi perçait des persiennes en tek, zébrant d'éclats blancs une alcôve plongée dans l'ombre, décorée de motifs thaïs ; dans un coin, une fontaine de pierres artificielles diffusait des bruissements aquatiques, une illusion de fraîcheur. A cause de la climatisation défectueuse, l'air de la salle pourtant vide exhalait des effluves de cuisine. Vautré sur la banquette, Yan faisait tinter une bouteille de bière avec des baguettes chinoises tandis qu'une de ses jambes vibrait sans interruption. Les deux sbires en costume lui faisaient face, droits sur des chaises. La table était couverte de verres à saké vides, de couverts, d'assiettes. Yan passait d'un visage à l'autre, lentement. Il s'arrêta sur celui de droite.

« Tu peux me répéter ça ?

— Elle était pas chez lui.

— Elle était pas chez lui ! »

Yan relança la phrase en écho avec une grimace, vit que l'autre sbire haussait les épaules. Il se pencha sur la table, prit un couteau et entreprit de tailler une des baguettes.

« Elle était pas chez lui ou tu l'as pas vue ?

— Elle était pas chez lui.

— Elle était pas chez lui – il testa la baguette taillée sur un verre, releva la tête. Tu veux dire qu'elle a pas couché avec lui ? »

Le tintement alternait avec la vibration de la jambe sous la table. L'autre homme était muet.

« Elle a pas couché avec lui ou tu l'as pas vue ?

— Je sais pas, Yan.

— Je sais pas, Yan. Tu l'as pas vue parce que t'avais pas les yeux.

— ...

— T'avais pas les yeux parce que tu dormais. »

Le type passa un doigt sur son front moite, tétanisé. Yan s'adressa à son acolyte.

« Ton frère m'a dit que tu dormais. Dans la voiture.

— Je sais pas, Yan.

— Je sais pas, Yan – grimace, métronome de baguette. Tu sais pas si ce 'tis a niqué ma cousine ou t'as rien vu ?

— ...

— Je te paie pourquoi, putain ? »

Yan avait lâché la baguette et saisi l'homme par une oreille, le tirant au-dessus de la table.

« Je te paie pour dormir ? Ou pour empêcher ce-putain-de-tis-de-ni-quer-ma-cou-sine ? »

Il n'attendit pas la réponse, saisit la baguette et la planta dans la main du type qui poussa un cri. Près du bar, une hôtesse en sarong se retourna, sourit par automatisme. Le frère n'avait pas bougé d'un pouce.

« Maintenant tu vas me retrouver cette pute. Nous on s'occupe de l'autre crétin. »

Il regardait le flot de voitures émerger de la brume de chaleur, ruban de métal rissolant au soleil dans les vapeurs d'essence. Il regardait sans rien voir, écrasé par la lumière et par le silence assourdissant du téléphone dans la rumeur automobile. Sur la table du café, le portable ne vibrait pas, ne sonnait pas. Malgré ses relances, aucun message de Line.

« Vince, chouffe à ta gauche ! Sors ton appareil ! »

Fidèle à son agitation chronique, Karim lui donnait des coups de coude, faisait mine de se cacher derrière Jef pour mieux jouir du spectacle.

Un peu plus loin sur la contre-allée, un clochard poussait un caddie. Engoncé malgré la chaleur dans une parka à col de fourrure, affublé d'une chapka en acrylique qui accentuait un visage mongol mangé de barbe. Un pantalon large retenu par une ficelle découvrait ses pieds nus, noirs de crasse. A petits pas, il poussait le chariot brinquebalant, rempli de cannettes et de bouteilles. Au centre du monticule, un baigneur en plastique, secoué par les cahots du parcours, clignait des yeux par intermittence. Surexcité, Karim fouillait dans le sac à dos de Vincent qui le retenait à peine.

« Laisse tomber, j'ai pas pris mon Leica. Ce type, je le connais. Il traîne dans le quartier depuis des années.

— Quand même, le baigneur au milieu des cannettes... »

Le clochard s'arrêta, mima une cigarette que Jef lui tendit à contrecœur. Karim regardait Vincent.

« Faut te ressaisir, mec. Si ça se trouve, ta meuf, elle est pas partie.

— C'est peut-être une mytho, rajouta Jef. Un truc pour te faire marner grave. »

Karim lui lança un regard noir et se cala contre le dossier de chaise, guettant une réaction qui ne venait pas.

« Ou elle est placardisée par son daron. C'est pas un tendre, monsieur Li. On peut aller gratter, si tu veux.

— Si ça se trouve, elle est à deux cents mètres à vol d'oiseau, tenta Jef.

— C'est bon, ça ira. »

Il y eut un long silence gêné, le portable vibra, un bras se détendit en coup de fouet. Un message. Le visage de Vincent s'éteignit aussi vite que son portable, il se leva, lâcha quelques pièces.

« C'est ma mère. Faut que je passe chez Dao. Elle répond pas. »

Il quitta le groupe et disparut au coin de la rue. Sous les parasols, Jef et Karim reprirent leur poste de guet, vautrés sur les chaises, en short et claquettes, lunettes de soleil sur le nez.

Vincent avança sans bruit dans le couloir étroit qui menait au salon. Dao était debout sur la table basse et regardait fixement l'applique au-dessus d'elle. La lumière crue accentuait le casque argenté de ses cheveux, creusait les orbites en cavité sombre, éclaboussait ses épaules d'une tache éclatante. Une statuette fragile.

« Qu'est-ce que tu fais, sous la lampe ?

— Je cherche des souvenirs. »

Un gazouillis d'oiseau. Il la prit doucement par la main, elle se laissa faire, il la guida vers le fauteuil calé contre la fenêtre et s'assit devant elle en lui prenant les poignets.

« Tu aurais pu te casser quelque chose. Sois raisonnable.

— Les souvenirs. Ils sont cachés dans la lampe. Parfois ils sortent. Parfois non.

— Tu devrais manger un peu. Je t'ai apporté des litchis. »

Vincent sortit la boîte en plastique du sachet mais Dao remuait la tête doucement, poupée mécanique en pyjama noir, à peine animée. Vincent piqua un fruit dénoyauté, le tendit devant sa bouche.

« On va manger ensemble, si tu veux. Moi aussi, j'ai faim.

— C'est bon pour les souvenirs ?

— Bien sûr. Parle-moi de Hang.

— Hang ? »

Elle mordit dans le fruit, le regard perdu. Elle mâchait lentement, comme si la mastication filtrait le temps, ramenait la substantifique moelle des réminiscences lointaines. Vincent picora dans la boîte, sur le rythme de Dao.

« Il était comment, Hang ?

— ...

— Quand il était enfant.

— Un vrai garnement. Toujours fourré dehors. Il courait dans les rizières. Les voisins n'aimaient pas ça.

— Et après, à Saïgon ?

— On était bien à Saïgon – long silence. Mais il y avait les chauves-souris. Et ta mère. »

Vincent essuya le jus qui coulait sur le menton de Dao. Elle repiqua elle-même dans la boîte, eut une moue qui plissa l'écheveau de rides autour de sa bouche.

« Elle traînait toujours avec lui. Alors forcément – mastication silencieuse. C'est elle qui l'a marié. Moi, j'étais contre. »

Elle leva le menton avec un air de défi. Elle continua de mastiquer. Vincent fouilla dans sa poche, posa la photo sur le guéridon, reprit la main libre de Dao.

« Et lui, tu le connais ? »

Dao baissa les yeux vers le cliché. Sa voix monta d'un octave dans les aigus.

« Lui, c'est le malheur. Le malheur qui vient de Chine. »

Vincent était penché sur elle, attentif. Dao repoussa la boîte et la photo.

« Il ne faut pas parler de lui. Il porte malheur. »

Elle regarda par la fenêtre, sembla chercher quelque chose dans la nuit. Elle ajouta dans un souffle : « Il ne faut pas en parler. » Les souvenirs venaient de s'éteindre.

Il faisait nuit depuis longtemps quand Vincent porta Dao dans son lit, petite momie recroquevillée entre ses bras. Il ajusta un oreiller sous sa tête, lissa ses cheveux en désordre, la borda avec délicatesse. Puis il regagna son studio par les rues désertes, s'allongea sur le lit tout habillé, tentant de neutraliser les questions, les doutes, les images qui fourmillaient dans sa tête. Et le visage de Line. Il ouvrit les yeux, attiré par le faisceau bleu du portable. A 4 heures du matin, il se leva, prépara son sac à dos. Rangea dedans le Leica et un trépied rétractable.

Il sortit au moment où une lueur imperceptible teintait la nuit. Il avançait à pas lents vers le parc de Belleville, goûtait au plaisir fatigué de marcher en milieu de chaussée comme si la ville lui appartenait. Il longea une ruelle bordée d'arbres jeunes, bifurqua pour franchir une fontaine flanquée d'escaliers, remonta vers le haut du parc. En quelques minutes, un ciel immense avait fait défiler toutes les nuances de bleu, de l'indigo au cobalt soutenu, puis une lueur solaire progressa sur les toits.

La vue embrassait tout Paris, de Montparnasse à Passy et au-delà, vers des collines à peine perceptibles à l'ouest. C'était un beau début de juillet, la lumière qui commençait de réveiller la ville s'accompagnait d'un silence paisible, souligné par le sifflement des hirondelles. Une brise se levait, douce et tiède, telle une caresse invisible. Vincent se sentait lavé de cette nuit blanche mais il savait que la magie de l'aube ne durerait pas. Il s'assit en tailleur sur le gazon, sortit son Leica, le vissa au trépied. Il parcourut le parc en un lent panoramique précautionneux. Vingt mètres plus loin, à droite, un banc adossé à un grillage donnait vers une parcelle en contrebas. Sous le banc, le clochard croisé la veille sur le boulevard dormait. Emmitouflé dans sa parka, avec la même chapka à oreilles rabattues, le même pantalon noir. Son visage aux yeux clos semblait celui d'un bouddha éternellement serein. Entre ses bras recroquevillés émergeait la tête lisse du baigneur, boule de plastique clair contre parka brune. Au téléobjectif, Vincent composa un portrait à l'italienne, un tiers pour l'homme, deux tiers pour le ciel ; en arrière-plan les formes floues des toits faisaient ressortir la netteté de la silhouette, dans une harmonie colorée de noir, de brun et de bistre pour le visage. Le banc de bois clair encadrait la scène et semblait protéger l'homme. La lumière montait déjà et Vincent dévissa le trépied, changea d'objectif, se rapprocha doucement de la silhouette endormie. A moins de cinq mètres, il s'accroupit de manière à être à sa hauteur, cadra, déclencha. Au cinquième cliché, l'homme ouvrit les yeux, deux fentes brunes sur visage ocre, une troisième fente esquissant un sourire doux. Sous le menton, le baigneur fixait l'objectif de ses yeux ronds et turquoise, presque fluorescents.

Ils restèrent tous les deux côte à côte, assis sur la pelouse, partageant en silence une cigarette. Puis Vincent se leva, tendit au clochard le paquet qu'il gardait dans son sac. Quand il se retourna, un sillage lumineux dans le ciel marquait le passage d'un long-courrier en route vers l'est.

11

D'un pas de somnambule, Line suivait la file de voyageurs en provenance de Paris. Elle n'avait pas touché au repas servi à bord, juste avalé un somnifère alors que l'avion survolait encore l'Europe. Elle tentait d'oublier la pression exercée sur sa poitrine, le poids de la culpabilité sans doute, la présence à son esprit du visage de Vincent, son corps sur son corps, ses mains serrant les siennes, la rencontre des fluides et de la chair, la déflagration lente d'un plaisir nouveau, celui d'un couple à l'unisson, qu'elle avait ressenti pour la première fois dans une mansarde de Belleville vingt-quatre heures auparavant. Epuisée par cette lutte avec elle-même, elle avait sombré dans le néant tandis que le long-courrier dépassait la zone aérienne au-dessus du Kazakhstan avant de piquer vers Shanghai. Elle s'était réveillée dans un état cotonneux alors que les passagers faisaient claquer les coffres pour récupérer leurs bagages à main.

Dans la salle des arrivées, elle se sentit minuscule sous le dôme gigantesque d'où pleuvaient des stalactites en polystyrène blanc, soulignées par des filins qui se perdaient dans les profondeurs d'une immense arche en aile d'oiseau. En croisant un businessman chinois ventru, Line eut la vision fugace de son père assénant ses bonnes paroles à la table du restaurant familial. Il avait raison : tout était plus grand à l'est, c'était là que s'échafaudait l'avenir, quelles qu'en soient les promesses.

Près des portes de sortie, elle chercha du regard Zhen, l'oncle lointain qu'elle avait croisé à Paris pendant ses séjours d'affaires. « Vous êtes Line ? » souffla une voix dans son dos et quand elle se retourna, un homme jeune en costume noir lui tendit la main – « Je suis Wang » –, et sans un mot de plus il saisit sa valise et s'engagea vers la sortie.

Wang se dirigea vers une limousine blanche aux vitres fumées, fit un geste au chauffeur qui attrapa la valise pendant que le jeune homme ouvrait la portière. Il lança un ordre bref, et la voiture s'engouffra dans le trafic avec un ronronnement climatisé. Après un silence pesant, Wang engagea la conversation, jetant des regards furtifs vers cette curieuse *laowai* aux traits asiatiques.

« C'est votre premier séjour à Shanghai, n'est-ce pas ? Vous avez de la chance, le temps est aujourd'hui splendide. » Wang parlait un anglais académique et Line eut beau poursuivre en mandarin, il en resta à l'anglais. Dehors la circulation était incroyablement dense, un gigantesque ralenti métallique dont les sons parvenaient à Line en sourdine. A l'horizon, le ciel était d'un bleu acier qui se dégradait en nuances de plomb à hauteur des buildings. A perte de vue les avenues étaient saturées de véhicules. Elle frissonna, demanda au chauffeur de réduire la climatisation et Wang répéta sa demande d'un ton sec en anglais. Elle se tourna vers lui, et répondit, toujours en mandarin.

« Mon langage n'est pas correct ?

— Oh oui, tout à fait. C'est très juste. » Il continuait en anglais.

« Je préfère que nous parlions en chinois.

— Si vous le voulez.

— Où va-t-on ? – un silence entre deux klaxons.

— Je vous fais conduire jusqu'à votre studio.

— Zhen devait m'attendre à l'aéroport.

— Votre oncle a eu un empêchement de travail. Nous ne sommes plus très loin, il me semble. »

Ses paroles étaient affectées, comme s'il récitait un discours. Il sortit de sa poche un trousseau de clés, eut un petit rire pincé vite réprimé. Line le dévisageait et il détourna la tête. Elle décida de jouer un peu.

« Est-ce la tradition dans les affaires ? » Il se redressa, les clés posées sur son genou. Il était tétanisé.

« Je ne comprends pas. Vous avez mes clés. Je ne vous connais pas. Comment avez-vous eu mon adresse ?

— Oh, ce n'est rien... C'est votre oncle. Nous travaillons souvent ensemble. »

Après un long silence gêné, il lança un ordre brutal au chauffeur, désigna un espace en quinconce devant un building. La limousine bifurqua vers le trottoir, s'engagea prudemment sur une place réservée. Wang se retourna vers la jeune fille, un sourire radieux aux lèvres.

« L'immeuble m'appartient. Et l'autre à côté, aussi.

— C'est formidable. Laissez-moi devant l'entrée. Et donnez-moi les clés. »

Sans attendre, elle lui avait pris le trousseau des mains. Elle sortit de la voiture, l'anse de son sac contre son coude, chercha fébrilement son portable. Des passants se retournaient sur elle, l'un d'eux s'arrêta. Wang ouvrit sa portière, sermonna à voix basse le chauffeur qui se précipita vers le coffre où elle patientait, portable à l'oreille. Le réseau ne passait pas. Elle tendit la main vers l'homme en costume.

« Donnez-moi votre mobile. » Wang obtempéra sans un mot, elle fit défiler les noms sur l'écran, enclencha la communication. Zhen était sur répondeur. Elle rendit le portable à Wang, se dirigea vers l'entrée de l'immeuble où l'on percevait, à travers un tourniquet de verre, un hall de marbre et d'acier éclairé par des néons tamisés ; un liftier se précipitait vers elle à grands pas.

« Mademoiselle Line ! » Wang la regardait avec une admiration médusée. « Il y a un numéro pour votre appartement. » Elle nota le code sur son portable pendant que le chauffeur tendait la valise au liftier. Wang était au garde-à-vous, hypnotisé. Elle lui tendit la main, conclut d'un ton neutre.

« Merci pour votre aide. » Avec la souplesse d'un mannequin sur un podium, elle pivota et disparut dans le tourniquet. Près de la limousine, Wang n'avait pas bougé d'un pouce.

L'appartement était plus qu'un simple studio, il comportait deux pièces avec une cuisine à l'américaine et des tabourets en métal. Tout était neuf et sentait le plastique, le ciment. La partie chambre était une vraie bonbonnière, un déluge de papier peint rose à motifs d'un goût douteux, des miroirs fixés sur des armoires décorées de baguettes à ornements floraux. Tout sauf une chambre d'étudiant, même à Shanghai. Line écarta les voilages, regarda par la fenêtre vers une ligne de buildings de l'autre côté du fleuve. A vingt-trois étages de hauteur, la ville semblait vibrer, hérissée d'immeubles neufs ou en chantier, sillonnée d'artères qui scintillaient de circulation. Un autre monde plus qu'une ville, une étendue infinie de béton, de verre et de miroirs, mélange anarchique d'éclats et de pollution.

Elle s'apprêtait à prendre une douche quand elle reçut un SMS en anglais : « Vous êtes attendue à 15 heures dans nos locaux. Bienvenue à Shanghai ! Bienvenue en Chine, Line ! » C'était signé « M. Zhui, Chief Executive Officer of China Merchant Bank. » Suivait un plan précis indiquant avec des flèches le trajet du studio à la banque. Line pensa avec irritation aux allusions de son père, à la nécessité de lier business et relations cordiales. Le mot « cordial » lui parut définitivement grotesque. Le faisceau d'attentions était trop appuyé pour ne pas cacher des enjeux plus importants. Line effaça le message, se déshabilla et s'immergea sous une douche longue et chaude, pour laver la désagréable impression qui l'oppressait depuis son arrivée. Elle fouilla dans le frigo de la kitchenette, trouva de l'eau minérale, but au goulot en scrutant la baie vitrée. Au loin, un énorme panneau lumineux annonçait une température tropicale et un taux de pollution modéré, dû aux vents d'ouest.

Elle écarta le tailleur sombre qu'elle avait prévu pour commencer le stage, enfila une robe légère en lin beige, chaussa des escarpins noirs. Elle hésita un instant devant le miroir en pied de la chambre, passa une veste de blazer bleu marine. Ce n'était pas dans une banque d'affaires qu'il fallait afficher le potentiel incontestable de sa beauté plastique. Il restait une heure avant l'entretien. Elle attrapa des lunettes de soleil à large monture, un petit sac à chaînettes et partit explorer la longue artère commerçante qui la séparait de la banque.

Vincent émergeait d'un sommeil court, haché de mauvais rêves, d'éveils brusques suivis de plongées aux ténèbres tout aussi brutales. Il avait quitté le clochard au petit matin, était descendu boire un café à l'Etoile de Tunis, à l'heure des travailleurs matinaux. Il avait hésité longtemps avant d'envoyer un nouveau SMS puis deux autres en rafale, toujours suivis du même message : « Votre correspondant est déconnecté du réseau. » Le vide électronique l'avait achevé. Il rentra au studio, se jeta sur le lit et se réveilla cinq heures après dans la même position, sur le ventre, les bras en croix. Il fit un effort colossal pour ne pas replonger, prit une douche froide – la canicule de juillet écrasait déjà la mansarde –, et décrocha du mur la photo de Hang et Marie-Paule.

Anaïs Benoit pestait en silence contre la paperasse quand on frappa à la porte. Elle chassa ses pensées parasites, lança un « Entrez » maussade et le brigadier Morel laissa passer un jeune homme asiatique. En refermant la porte, le flic croisa un regard froid qui semblait destiné à le remettre clairement à sa place ; la lieutenante savait que, dans les bureaux adjacents, circulait déjà son goût supposé pour les jeunes gens. Ce machisme ordinaire la mettait dans une rage intérieure folle.

Vincent avança avec précaution, comme s'il hésitait encore à assumer la pulsion qui l'avait poussé à franchir les portes du commissariat.

« Comment va votre mère, monsieur Chêne ? » C'était devenu un rituel entre eux, une façon discrète d'entrer dans le vif du sujet. Vincent se pencha sur la chaise, coudes en appui sur les genoux.

« Ça va mieux – un sourire réprimé. Elle a repris du poil de la bête.

— Les assureurs vont être ravis.

— Vous pouvez lui faire confiance pour ne plus les lâcher. »

La lieutenante s'efforçait de garder un ton neutre mais le garçon l'intriguait. Cette ironie légère, toujours à fleur de peau, ce visage qui se brouillait en un instant. Vincent hésita puis se lança.

« Vous avancez sur l'incendie ? Je veux dire – il hésitait encore –, sur ceux qui ont fait ça.

— On a de fortes présomptions, quelques indices. Ça reste à confirmer. »

Elle le sentait troublé. Elle se décida à brusquer les choses.

« Vous avez demandé à me voir, Vincent. Je peux vous appeler Vincent ?

— Si vous voulez.

— Très bien. Vous avez des choses à me dire, peut-être. »

Le chaud et le froid. Le visage du jeune métis se crispa. Trop tard pour reculer. On ne prenait pas rendez-vous avec un officier de police sans raisons valables. Il sortit de sa poche une feuille pliée en quatre, la posa sur le bureau. C'était un tirage en couleur du 4 × 4 qu'il avait pris depuis le kebab, face au restaurant.

« J'ai eu une embrouille avec le conducteur, le soir de l'incendie.

— Intéressant. » Anaïs Benoit sentit un léger pincement à l'estomac. Le 4 × 4 aux vitres fumées. Sur le cliché, on distinguait parfaitement la plaque d'immatriculation. Vincent continua.

« Le chauffeur s'est pointé dans une fête où il n'était pas invité. Ça a mal tourné. » Vincent préféra éluder l'empoignade dans le restaurant en milieu de soirée – et pourtant tout partait de là.

« L'homme en question est un proche d'une amie – le mot avait un goût de cendre. C'est son cousin, en fait.

— Vous êtes sûr que c'est le propriétaire du véhicule ?

— Certain. Une Porsche Cayenne à Belleville, ça se repère tout de suite.

— Pourquoi ce cliché ?

— Je vous l'ai dit, je suis photographe – une hésitation. J'ai des intuitions de photographe.

— Ou le sens du recoupement.

— Possible. J'ai pris la photo vers midi. Moins de dix heures après l'incendie. A peine plus après l'accrochage.

— Je vois. »

Le picotement jubilatoire se confirmait. Le jeune homme venait de lui offrir deux informations cruciales. Elle pianota sur son clavier, ouvrit un des fichiers de vidéosurveillance, se lança à son tour.

« Il est asiatique, ce cousin ?

— Pourquoi vous me demandez ça ?

— Moi aussi je peux avoir des intuitions. Des intuitions de flic.

— Il est chinois d'origine. Naturalisé français quand il est arrivé à Belleville, il y a une vingtaine d'années. Il devait avoir huit ou neuf ans.

— J'imagine que vous connaissez son nom.

— Li. Yan Li. Les Li sont une grande famille à Belleville. »

La lieutenante avait ouvert un dossier. C'était bien le même véhicule, mais il était hors de question de le dire. En tout cas, prématuré. Il fallait ménager cette source précieuse. Ne pas effrayer Vincent Chêne. Elle referma le fichier vidéo.

« Vous seriez prêt à faire une déposition ?

— Si ça peut faire avancer les choses, oui.

— Vous devenez témoin dans une possible affaire criminelle. Ce n'est pas à prendre à la légère. »

Vincent regarda la photo du 4 × 4. Son visage se contracta.

« Une affaire criminelle qui concerne ma mère.

— Très juste. C'est pour ça que c'est important – elle marqua une pause. En dehors des problèmes d'assurance, bien sûr. »

Vincent était perdu dans ses pensées. L'incendie. Les filatures des sbires. Yan, le cousin agressif. Neveu de monsieur Li. Une fois encore, Vincent réagit de manière intuitive, et il sortit l'autre photo de sa poche. « Je voulais vous montrer ça, aussi. »

C'était la scène familiale devant le restaurant, vingt-trois ans auparavant. Monsieur Li en commis de cuisine et ce père inconnu au premier plan. La lieutenante regarda attentivement le cliché.

« Jolie photo familiale. Quel rapport avec ce qui nous occupe ?

— Vous pouvez peut-être m'aider. Comme je viens de le faire.

— C'est-à-dire ?

— Le commis chinois en arrière-plan, c'est monsieur Li.

— Oui...

— Aujourd'hui, monsieur Li est un homme influent à Belleville. Vous devez le connaître.

— J'en ai entendu parler. Comme tout le monde.

— Sur la photo, il a vingt ans de moins. Surtout, il connaît mon père – un silence de plomb. Alors que moi, non. »

La lieutenante ne saisissait pas. Elle laissa Vincent continuer. Il lâcha, pour lui-même.

« Mon père est mort quand j'avais à peine un an. Je n'en ai aucun souvenir. »

Il cessa de se confier, repassant dans sa tête la photo qu'il connaissait par cœur, les visages scrutés de longues minutes, avec l'espoir d'en saisir le fil commun.

« Monsieur Li est l'oncle de Yan.

— Où voulez-vous en venir ?

— Vous avez parlé de pratiques douteuses dans l'immobilier.

— Oui. Racket, extorsion de biens, appelez ça comme vous voulez. De plus en plus courant. Ça va de pair avec la montée des prix. »

Vincent la regardait intensément, s'imaginant lui faire deviner le fond de sa pensée.

« Le cousin de mon amie. Il travaille dans l'immobilier. Pas toujours officiellement.

— Très intéressant.

— Je me suis renseigné – un silence en forme de déglutition. Monsieur Li a des parts dans sa société. »

Le pincement à l'estomac d'Anaïs Benoit avait disparu, cédant la place à une légère accélération du rythme cardiaque. La fébrilité du chasseur qui a senti la bonne trace. En moins d'un quart d'heure, Vincent venait de lui livrer des éléments d'enquête majeurs. Calme en apparence, elle bouillait de l'intérieur. Vincent releva la tête.

« Je veux savoir ce qui rattache mon père à monsieur Li. »

12

A 15 heures précises, Line entrait dans le bureau du président de la China Merchant Bank. Dans une mise en scène éprouvée, une secrétaire en tailleur sombre poussa la porte en verre sablé qui pivota dans un chuintement discret. A l'autre bout de la salle au design sobre – table basse scandinave, fauteuils Le Corbusier –, un homme massif regardait l'horizon derrière une baie vitrée, les mains dans le dos. La secrétaire disparut, Line avança de quelques pas et l'homme se retourna avec un large sourire.

En ouvrant les bras, il lança un « Welcome Line ! » enjoué, la guida d'une main vers une chaise Philippe Starck face à un bureau de verre avec bloc téléphonique sans fil, tout en indiquant la baie derrière lui – « The Bund » – d'un simple geste. Il faisait une tête de moins que Line et portait le même type de costume noir à fines rayures que son père. Avant de s'asseoir sur un définitif « Quittons le passé pour parler de l'avenir », il tourna ostensiblement le dos aux immeubles art déco qui s'alignaient dans la brume de chaleur, de l'autre côté du fleuve.

Il s'enquit du cursus universitaire de Line dans un anglais soigné, apprécia sa pratique du mandarin, sans cesser de consulter son portable du coin de l'œil. Il passait du CV à la fille, l'air de vérifier que ce parcours impressionnant appartenait bien à cette silhouette de mannequin – les *laowai* ne faisaient donc rien comme tout le monde. Puis il regarda sa montre, se leva brusquement, indiqua d'un geste poli le double battant, tout en félicitant encore une fois Line pour ses études. Avant de la laisser partir il hésita, demanda si le studio de son fils – « a very successful young manager ! » – lui convenait et prit congé sur un ton paternaliste : « Vous allez beaucoup apprendre, ici. »

La secrétaire mutique précéda Line d'un pas militaire, le long d'une succession d'open spaces où des silhouettes en costume noir pianotaient en silence devant des rangées d'ordinateurs. A 15 heures 15, elle s'assit à la place qui lui était dévolue dans une salle aux fenêtres aveugles, parmi une trentaine de stagiaires – majoritairement masculins –, dont les plus proches relevèrent à peine la tête à son arrivée. Quand elle se pencha sur le premier graphique de flux financiers à l'exportation, elle sut qu'elle ne finirait pas la semaine dans l'établissement bancaire de pointe de monsieur Zhui.

La grue blanche déploya ses ailes puis recula pour repousser le singe. Les mains de Dao formaient des arabesques douces qui suivaient la course des nuages.

Depuis les hauteurs du parc, Paris se noyait dans une brume de chaleur, quelques immeubles émergeaient en contrebas, un clocher semblait lutter contre l'évanouissement. Dao pivota lentement en levant la jambe, plia le genou puis caressa l'encolure du cheval d'un mouvement ample et doux. Plus loin une fontaine glougloutait, entourée d'un arc de verdure qui redescendait en marches végétales. Sur la pelouse en pente, la silhouette menue déroulait les figures de tai-chi en toute quiétude, lutin à casque d'argent et aux gestes ralentis. Dans un dernier mouvement imperceptible Dao s'immobilisa, croisa les mains devant sa poitrine, inclina la tête. Elle descendit l'escalier central à petits pas, franchit le cercle de pavés devant le bassin d'eau où poussaient des nénuphars. Il faisait un temps splendide, il n'y avait personne autour d'elle sauf Hang, son fils perdu qui lui souriait, assis en tailleur à la surface de l'eau. Il était jeune, il était beau, le visage de Dao s'illumina, le filet de rides changea de forme et elle entra dans l'eau.

Vincent prenait un café avec Karim quand il reçut l'appel du 18. Il arriva sur place en moins de cinq minutes, transporté à l'arrière d'un scooter fatigué, se pencha sur Dao assise à même le trottoir, forme minuscule entourée de deux sapeurs-pompiers. Un peu à l'écart, Karim détaillait la carrosserie étincelante de la fourgonnette.

« On a trouvé votre numéro gravé sur la médaille, attachée à la chaînette autour de son cou. Une bonne initiative pour les personnages âgées un peu... absentes.

— C'est une idée de ma mère.

— Efficace. Il existe aussi des portables simples, avec un bouton d'alarme.

— Comment va-t-elle ? »

Vincent entourait Dao d'un bras, lui tenant le poignet d'une main. Elle semblait radieuse mais totalement ailleurs, à des milliers de kilomètres d'elle-même. Un des pompiers remplissait un formulaire.

« On l'a retrouvée au milieu de la fontaine. Rien de grave. Il n'y a pas de fond et l'eau est tiède au soleil.

— Elle faisait trempette avec les carpes dorées », tenta son acolyte mais Vincent ne l'écoutait pas. Il berçait doucement Dao. « Qu'est-ce qui se passe ? »

Elle le regardait en coin d'un air malicieux, puis elle se pencha vers lui, les yeux brillants.

« J'étais avec Hang. On s'est baigné dans la rivière.

— Tu vas retourner chez toi, maintenant.

— C'était bien. Mais il est reparti traîner je ne sais où.

— Il faut te reposer.

— Dis-lui de passer voir sa pauvre maman à la maison. Je l'attendrai sous la varangue. »

Vincent aida Dao à se lever, le pompier prit le relais et la guida vers l'arrière de la camionnette. « Pas de souci, on vous la ramène. On a l'adresse. »

Vincent regarda le véhicule disparaître dans le premier virage et Karim lui tendit sa clope.

« Bon, on la fait cette filoche à Aubervilliers ? »

Anaïs Benoit s'attendait à le voir arriver avec une pile de documents sur les bras mais Yassine entra les mains dans les poches. Il s'installa devant l'ordinateur, enclencha la clé USB et fit défiler des tableaux d'analyse de données.

« J'ai remonté le registre du commerce jusque 1991, comme vous me l'avez demandé.

— Pas trop fastidieux ?

— J'ai l'habitude. Mon père est commerçant. Je fais sa comptabilité depuis dix ans. » La lieutenante Benoit fit un rapide calcul mental et conclut qu'à seize ans à peine, Yassine maîtrisait déjà les bases de la programmation de données. Elle était tombée sur le bon numéro. Il commentait les rangées de chiffres qui s'alignaient.

« En octobre 91, monsieur Li fait l'acquisition d'un premier restaurant. Plus précisément, l'extension d'un petit traiteur chinois derrière l'hôpital Saint-Louis.

— Trois mois après avoir été licencié, suite à la mort de Hang Chêne, son patron. Pour un simple employé, ce n'est pas courant, nota la lieutenante.

— Exact. Ça m'a paru curieux, aussi. Par acquit de conscience, j'ai regardé l'année précédente – son visage affichait un sourire satisfait. Le traiteur, il l'avait acheté un an avant, en novembre 90.

— Très ambitieux, pour un commis de cuisine.

— Même acheté au meilleur prix, ça représente une sacrée somme.

— On peut se demander pourquoi il continuait de faire la plonge au lieu de gérer ses affaires.

— L'entreprise est inscrite au nom de sa femme, mais effectivement, ce n'est pas une raison. »

Anaïs Benoit fixait le profil de Yassine tout en réfléchissant. Elle remarqua qu'il portait un parfum poivré un peu capiteux, et qu'il s'était rasé de près. Elle essayait d'établir des connexions entre Li, le jeune métis et son père, tout en suivant la synthèse du stagiaire.

« Il va vite en besogne, le bonhomme. Regardez. En 1994, il est propriétaire gérant de deux restaurants, toujours dans le quartier. » Pour plus de clarté, Yassine avait encadré de couleurs les enregistrements de sociétés.

« En 97, il achète encore un fastfood chinois près de République. En 2001, grosse expansion : monsieur Li se lance dans l'import-export de textile avec la Chine. Installation à Aubervilliers.

— Le début du développement de la zone industrielle. Il a du nez, ce type.

— C'est clair. 2004, il monte une société immobilière, toujours à Aubervilliers. Il achète et loue des entrepôts. Mais il garde la main sur la restauration à Belleville.

— Jamais tous ses œufs dans le même panier.

— C'est ça. Et il multiplie les paniers. En 2007, il détient des parts dans d'autres sociétés immobilières, de l'import-export aussi.

— Toujours la même faim d'entreprendre. Impressionnant.

— Mais il devient plus difficile à tracer. J'ai eu du mal avec Aubervilliers. Il y a plus de mille sociétés sur le périmètre. Majoritairement franco-chinoises. On continue ? »

Le jeune stagiaire s'étirait en réprimant un bâillement. Il paraissait exténué mais il souriait en la regardant.

« Continuez.

— Depuis 2010, il investit dans le haut de gamme. Prêt-à-porter de luxe, showrooms, des billes dans un nouveau *fashion center*... Bizarrement, il garde des parts dans des sociétés beaucoup plus modestes. Gardiennage, matériel de chantier, épiceries de demi-gros. Toujours à Aubervilliers.

— C'est un pragmatique. »

Yassine sélectionna une abscisse sur une grille de chiffres. Il se retourna vers la lieutenante, montra du doigt une opération soulignée en rouge.

« Je me demande si ce n'est pas un écran de fumée. Regardez. »

Il zooma sur la ligne budgétaire qui paraissait identique aux autres, déroula les détails d'investissement.

« Il détient des parts majoritaires dans une société immobilière qui bat de l'aile depuis des années. Un chiffre d'affaires minable. Parfois il la renfloue – un silence au moment où Anaïs Benoit venait de comprendre. C'est la société de son neveu, Yan Li. Celui qui joue les gros bras en Porsche Cayenne. »

Ils franchirent les embouteillages de la Chapelle, bifurquèrent vers Aubervilliers, deux silhouettes casquées sur un scooter hors d'âge, parmi des rangées d'entrepôts flambant neufs. Devant un cirque coincé entre un rond-point et des hangars, Karim montra du doigt un chameau attaché à une longe près des tentes, qui broutait d'un air mélancolique. « On a les mêmes au bled. Mais avec une seule bosse, mort de rire ! » il hurlait dans son casque pendant que Vincent à l'arrière lui indiquait le chemin. Sur une avenue cernée de magasins de gros, de boutiques de textile, ils slalomèrent entre les camionnettes et les porteurs d'emballages, parmi les débardeurs pressés et les caristes chargeant des palettes de cartons. Ils continuaient de rouler à petite allure quand Vincent vit un jeune Asiatique aux cheveux gominés, en costume croisé sombre, qui les regardait passer en souriant. Vincent tourna la tête pour chasser l'image de Hang, indiqua un carrefour et le scooter s'engagea dans une rue plus calme, entre de nouveaux hangars et de vieux pavillons en brique. « Arrête-toi, c'est là, cria Vincent. Passe-moi ton intégral. » Ils échangèrent leurs casques. « Donne-moi l'enveloppe et attends-moi là. Sans couper le moteur. »

Le bâtiment était identique aux autres, deux étages avec façade en mauvaise tôle et une réception vitrée sur la rue. Une pancarte collée sur la vitrine indiquait « Immo 93, gestion locative et vente » avec un numéro de portable rajouté au feutre. Vincent avisa des caméras fixées en hauteur, s'arrêta à la réception vide, casque sur la tête et enveloppe sous le bras, s'engagea dans un couloir qui donnait sur des bureaux exigus où il n'y avait personne – c'était l'heure de la pause déjeuner. Au fond, un bureau à peine plus grand que les autres était entrouvert. Il entra, aperçut le fatras de paperasses sur une table, et des photos encadrées au mur ; la plupart montraient Yan entouré d'hommes d'affaires, trônant à un banquet, serrant la main d'un notable ou posant au centre d'un terrain vague, casque de chantier sur la tête, bras tendu vers des fondations hérissées de tiges d'acier. Avec toujours le même costume cintré de petite frappe. « Quel con », murmura-t-il quand il entendit crier derrière lui.

« Vous, pas le droit d'être là », criait d'une voix aiguë une Chinoise en tailleur. Vincent tendit l'enveloppe matelassée.

« Je suis bien chez monsieur Li ? Yan Li.

— Qu'est-ce que vous voulez ?

— J'ai un pli pour lui.

— Donnez le nom de la société. »

Il hésita, lui jeta l'enveloppe dans les bras, la contourna et repartit dans l'autre sens, suivi par la femme qui glapissait, un portable à l'oreille. « La société ! Donnez le nom de la société ! »

Vincent fila en claquant la porte, retrouva Karim qui fumait, en équilibre sur le scooter.

« C'est bien là, dit-il en enfourchant la place arrière.

— Je t'ai dit que j'étais un vrai limier.

— C'est truffé de caméras, on dégage.

— J'ai vu. Tous paranos, ces Noiches », ajouta Karim avant de redémarrer dans un nuage de fumée bleue. Derrière la vitre, la réceptionniste grimaçait dans son portable et sur le trottoir, à dix mètres à peine, Yan approchait à grands pas, téléphone sur l'oreille. Le scooter le croisa en pétaradant, passa au ralenti devant un long entrepôt accolé à l'agence immobilière. Derrière le rideau métallique relevé, on apercevait un hangar rempli de cartons sous blister, visiblement des téléviseurs et du matériel hi-fi, avec un bureau éclairé au fond et des hommes qui transportaient des caisses siglées d'idéogrammes chinois. A côté, un adolescent astiquait la calandre du 4 × 4. Un des sbires de Yan fumait près de l'entrée. Karim s'agita sur le scooter.

« C'est blindé de matos. Que de la marque, en plus !

— Ouais. Il fait pas que dans l'immobilier, on dirait. Accélère. »

A la réception, Yan Li déchirait l'enveloppe, remplie d'une liasse de magazines et jetait le tout à la poubelle d'un air furieux.

Le commissaire divisionnaire Daniel Lefèvre piquait du nez sur son clavier. Une fois de plus il avait abusé de frites et d'entrecôte sauce béarnaise, sans oublier un « petit digestif », avec d'autres cadres de la Préfecture. Il somnolait, se voyait courir dans l'ombre d'un parc parisien, svelte et nerveux, à côté d'une blonde en mini-short quand une sonnerie interrompit son rêve.

« Commissaire Lefèvre ? Lieutenante Benoit, à Belleville. Je ne vous dérange pas ?

— Du tout. Je sors de réunion.

— J'en ai pour cinq minutes.

— Je vous en prie – un bâillement réprimé. Quoi de neuf, à Belleville ?

— J'ai pris mes fonctions il y a six mois.

— Je suis au courant.

— Un quartier sympathique.

— Agité mais sympa. C'est ce qui fait son charme. Personnellement, j'ai beaucoup aimé.

— Ça ne m'étonne pas. Dans l'ensemble, les gens sont chaleureux.

— Pas comme ici. Des touristes et des cols blancs pressés – il éructa en silence. C'est dans les quartiers populaires qu'on garde le contact.

— Tout à fait. A ce propos, commissaire... quand vous étiez en poste, dans les années 90, vous avez connu un certain monsieur Li ? »

La panse de Lefèvre s'agita un peu, il actionna la manette de redressement du fauteuil.

« Ça remonte à loin. Et des Li, à Belleville, ça ne manque pas – un silence, réflexif et laborieux. C'est un peu comme nos Durand à nous.

— Je vois. Non, je vous parle de monsieur Li, l'homme d'affaires. Xiao Sheng Li, plus précisément.

— Qui ne connaît pas monsieur Li, à Belleville ? – Lefèvre tapotait son stylo sur un bloc-notes. Qu'est-ce que vous voulez savoir ? »

Il y eut un silence dans le combiné puis la réponse, sèche et précise. « S'il est connu défavorablement des services de police. »

13

La foule baignait entièrement dans un rouge sang sur la terrasse du club-hôtel, face à la *skyline* illuminée de Pudong. Parfois une poursuite au tungstène tranchait dans la masse, découpait une silhouette identique aux autres, homme en veston sombre, femme en robe à fines bretelles, un verre à la main, dans un brouhaha soutenu par un arrière-fond sonore d'électro. Line se fraya un passage parmi les corps, avança vers le bord de la terrasse d'où montait l'odeur tiède du fleuve, serpent noir scintillant cinquante mètres plus bas. Elle s'appuya sur la rambarde, leva la tête vers les tours de verre qui déployaient leur spectre lumineux dans la brume du soir mêlée de vapeurs chaudes et de pollution.

Ce n'était pas New York, ce n'était pas la Chine, c'était autre chose, une débauche d'acier et de verre luminescent, des milliers de millions de dollars coulés dans le béton, plantés à la verticale, éclairés de spots lumineux comme autant d'étoiles, c'était l'avenir, bruyant et sans limites, ultra-compétitif, chatoyant, excessif, déjà décadent. C'était Shanghai.

Justaucorps de soie beige aux épaules dénudées, hauts talons noirs sur jambes hâlées, cheveux de jais avec frange à la Louise Brooks, l'élégance sobre de Line avait eu raison, en un coup d'œil, de la sévérité du physionomiste.

Elle resta un moment sur la terrasse, s'étonna de la proportion d'Occidentaux, majoritairement des expatriés travaillant pour des multinationales ; les filles qui les accompagnaient étaient plus jeunes, souvent asiatiques. La foule était rassemblée en petits groupes qui parlaient et buvaient sans se lier, lorgnant parfois vers les tables basses où d'autres clans exhibaient leur position dans l'échelle des privilèges en alignant bruyamment les bouteilles de champagne. Personne ne lui adressa la parole, pas même les hommes, qui se remettaient de leur semaine en enchaînant les verres. Depuis cinq jours qu'elle était à Shanghai, c'était la première fois que Line sortait de son studio. Elle regagna le bar, un « U » interminable où se pressait la foule des soiffards, repéra parmi les barmaids une Chinoise longiligne avec une casquette d'officier. Elle accrocha son regard et lui tendit une carte de visite. Elle se lança en mandarin et, comme d'habitude, la fille lui répondit en anglais.

« Je cherche Gordon. Vous savez s'il est là ?

— Aucune idée. Tu prends quoi ?

— Un mojito. On m'a dit qu'il venait souvent ici.

— Qui ça ?

— Gordon. Pour le business.

— C'est possible. Essaie demain. Ça fera 150 yuans. »

Line se dégagea de la masse alcoolisée, regarda vers la terrasse où la foule s'attroupait ; elle approcha, son verre à la main, se cala contre une colonne. Un groupe d'expatriés acclamait une silhouette, accrochée à un mât au bout duquel flottait le drapeau de la République populaire de Chine ; contre la rambarde, une rangée de jeunes Chinoises envoyaient des SMS, indifférentes au spectacle de la go-go danseuse tournoyant autour d'une hampe patriote.

Un cinquantenaire à cigare s'approcha d'elle, l'invita à prendre un verre avec un fort accent américain. Elle déclina l'offre en se dirigeant vers la sortie, sans lui répondre. Il fallait trouver au plus vite le contact que lui avait fourni le photographe parisien avant son départ. Pas de temps à perdre dans ce qui ressemblait à n'importe quel club de n'importe quelle mégapole mondialisée.

Dehors la nuit était chaude et moite, des cortèges de voitures rutilantes filaient vers d'autres horizons nocturnes. Elle héla un taxi, indiqua l'adresse de l'autre côté de la rive. Parce qu'elle était une *laowai*, il emprunta la voie la plus longue, puis un tunnel flambant neuf aux néons stroboscopiques. Elle repensa soudain à la boîte de nuit de Pigalle, à sa rencontre avec Vincent et son cœur se mit à battre plus fort. En fermant les yeux, elle se laissa aller à des rêves de gloire, de réussite et de paillettes où elle se voyait accueillir le jeune métis à l'aéroport et l'entraîner d'une allure assurée, déjà blasée, à la rencontre de toute une faune de galeristes, de stylistes et de photographes, comme si elle était partie prenante de cette élite sophistiquée. Il fallait qu'elle trouve ce Gordon, c'était la clé de ses futures ambitions. Le taxi freina brutalement devant l'entrée de l'immeuble et réclama 324 yuans pour dix minutes de course. *Laowai.* étonnant ! tous ont des compteurs !

Assise sur un tabouret, Marie-Paule fumait une cigarette. Dans l'arrière-cuisine on entendait gratter les murs, déplacer une table, ouvrir des tiroirs d'ustensiles refermés à grand bruit. Un sexagénaire trapu aux cheveux gris passa une tête dans la salle, s'approcha d'elle.

« Je vous ai fait un devis serré. Mais y a du boulot. » Elle détailla son mémo, écrasa sa cigarette pendant qu'il commentait le détail des travaux tout en rangeant la sacoche d'où émergeaient un mètre pliant et des outils.

« Il faudra revoir le circuit électrique mais ça, ce n'est pas moi qui m'en occupe. Je pourrai vous donner une adresse. Quelqu'un de fiable.

— Ça prendra combien de temps ?

— Le plus gros, c'est la cuisine. Minimum deux semaines. Peut-être un peu plus. J'ai fait au plus juste. Je n'ai pas compté l'étage, pour le devis. »

Marie-Paule raccompagna l'homme jusqu'à la porte, regarda l'unique pièce du restaurant où elle avait empilé tables et chaises dans un coin. Elle entra dans la cuisine, contempla la pièce encore noircie de fumée, les armoires d'aluminium gondolées par l'incendie. Deux semaines de travaux – sûrement trois ou quatre –, l'accord de l'assurance, les commandes aux fournisseurs, le Dragon Céleste ne serait pas prêt avant mi-août. Les habitués partis en vacances, restaient les touristes pour relancer l'affaire ; ça faisait peu pour tenir jusqu'en septembre.

« Sacrés dégâts. »

Marie-Paule tressauta. Un jeune Asiatique en costume se tenait sur le seuil, mains sur les hanches, jambes écartées, la tête tournée vers le plafond brossé de suie. « On dirait que ça remonte à l'étage, dites donc.

— Qu'est-ce que vous faites là ?

— Ça sent le brûlé jusque dans la rue. »

Marie-Paule sentit son cœur accélérer en voyant le garçon tourner lentement sur lui-même, inspecter les angles des murs, s'approcher d'elle sans la regarder.

« Ça doit coûter une petite fortune, cette histoire.

— Qu'est-ce que vous voulez ? Vous êtes chez moi.

— Vous êtes propriétaire. Bien-bien-bien. »

L'homme continuait d'inspecter le plafond puis il glissa sa main dans sa poche de veste, en retira une carte de visite et la tendit à Marie-Paule.

« Immo 93. Je recherche des biens immobiliers. J'achète. Dans les limites du raisonnable. »

Par-dessus son épaule, Marie-Paule vit apparaître un deuxième homme, même costume, même allure, même regard impassible.

« C'est pas très grand. Une seule pièce pour douze tables.

— Attends-moi dehors », lança le premier sans quitter Marie-Paule du regard. Il grimaça un sourire inquiétant. « On peut envisager des facilités de paiement. Si l'affaire est intéressante, bien sûr.

— Il n'y a rien à vendre.

— Bien entendu, je prends en charge les travaux.

— Sortez. »

Marie-Paule avait haussé le ton, mais c'était un cri étouffé, une colère impuissante et l'homme ne bougeait pas, une main dans la poche, l'autre sur la hanche, tel un malfrat dans un mauvais western. Enfin il se décida à traverser le restaurant, hésita, pointa Marie-Paule du doigt, avec le même sourire serré.

« Vous devriez être moins arrogante... ma-dame-la-pro-pri-é-taire – extinction du sourire. Pour combien de temps encore ? »

Il ricana en se dirigeant à grandes enjambées vers la porte d'entrée, et cria encore en franchissant le seuil : « Gardez votre porte bien fermée ! On entre comme dans un moulin, ici ! »

Cramponnée au linteau de la cuisine, Marie-Paule sentait ses jambes se dérober ; elle se jeta jusqu'à la fenêtre et aperçut l'homme en costume qui rejoignait un gros 4 × 4 garé le long du trottoir, disparaissait à la place du chauffeur et démarrait dans un rugissement brutal. Au sol gisait la carte de visite immobilière.

Vincent descendait la rue de Belleville d'un pas élastique. Malgré l'absence de Line, malgré la douleur qui suintait comme une cicatrice fraîche, il arrivait à faire bonne figure. La veille, au hasard de ses errances photographiques, il avait rencontré un jeune galeriste du côté du canal Saint-Martin. Il faisait le point sur l'échappée d'eau verte, bordée de platanes ombreux ; une perspective de tentes rouges fracassait l'harmonie idyllique des lieux comme autant de bornes d'alerte ; au premier plan, un clochard à barbe de vieux hippie nettoyait sa gamelle, accroupi au bord du canal. La Ville lumière et ses zones d'ombre. Le jeune galeriste l'avait regardé faire, puis s'était approché. Ils avaient parlé autour d'un café, Vincent avec ferveur, l'homme l'écoutant avec attention avant de partir en lui laissant sa carte. Un baume possible pour atténuer ses plaies sentimentales.

Il arriva dans la trattoria où l'attendait Marie-Paule. Ils avaient l'habitude de se retrouver là après le dernier service, en face du Dragon Céleste. Il devait être 20 heures et la façade, à moins de cent mètres, était éclairée par les derniers feux du soleil de juillet.

« Tu as déjà commandé ?

— Je t'attendais. Dao n'est pas avec toi ?

— Elle dort. Je lui apporterai à manger plus tard. »

Ils commandèrent, gênés par le silence qui s'installait, attentifs à la tension qui émanait d'un regard ou d'un geste ; ils se connaissaient trop bien pour être dupes des apparences. Marie-Paule se redressa, se forçant à se détendre.

« Comment va-t-elle ?

— Ça change d'un jour à l'autre. Très bizarre, parfois.

— Je l'ai connue si solide. Malgré tout ce qu'elle a traversé.

— Elle a surtout besoin d'une présence.

— Je prends le relais ce soir.

— T'inquiète. »

Marie-Paule faisait rouler une boule de mie de pain en regardant dans le vague. Vincent pouvait lire sur le visage de sa mère les soucis, les incertitudes qui faisaient passer de l'orage dans ses yeux. Il attendit patiemment que leurs regards se croisent à nouveau.

« Comment ça se passe, avec le restaurant ?

— Les assurances prennent en charge les travaux, si le devis convient. Avec une franchise, bien sûr.

— Ça devrait passer, hasarda-t-il et elle se rembrunit.

— Le temps qu'ils se décident – elle écrasa la boulette de pain sous ses doigts. Pas avant septembre, de toute façon. »

Elle soupira, cligna des yeux.

« Et toi ? Tu as l'air fatigué.

— Mes photos avancent. Et je passe à trois soirs par semaine, chez Qiang.

— Tes photos...

— Tu lui en as parlé ? Je peux le faire, si tu veux.

— A qui ?

— A Qiang. De tes problèmes. C'est ton beau-frère, quand même.

— Tu veux que je fasse quoi ? Serveuse à près de soixante balais ?

— C'est pas ce que je dis. »

Elle s'était durcie en une fraction de seconde, comme elle savait le faire. Puis elle se relâcha.

« Je ferais peut-être mieux de vendre, après tout – un silence qui l'écrasait. Je serais débarrassée. »

Vincent ne l'avait jamais vue aussi abattue. Un instant il paniqua devant les images d'un désastre familial annoncé, Dao perdant la tête, Marie-Paule un toit et Line, visage flou disparaissant dans le brouillard, à dix mille kilomètres d'ici ; il se ressaisit.

« Vendre pour aller où ?

— Je ne sais pas. Dans le Sud. Je pourrais monter un petit truc.

— Tu n'as pas quitté Paris depuis trente-cinq ans. »

Il repensa à la photo, rangée dans son sac à dos.

« Il y a tous tes souvenirs, ici. Le restaurant – il hésita, dans un murmure. Avec Hang.

— Les souvenirs... »

Elle s'évadait à nouveau dans un silence méditatif quand Vincent aperçut, garé sur le trottoir, à vingt mètres du Dragon Céleste, le 4 × 4 de Yan.

« Attends-moi, je reviens tout de suite », lança-t-il en se levant. Devant un conteneur à verre usagé, il attrapa une bouteille vide qui traînait, accéléra le rythme en louvoyant parmi les voitures ; de l'autre côté du boulevard, la Porsche Cayenne ronronnait, dégorgeant du monoxyde de carbone dans la chaleur du soir.

« Tu crois que c'est encore ouvert ? Je vois pas de lumière », dit le sbire assis à l'arrière.

Il tendit sa cigarette à l'autre pendant que Yan, au volant, changeait de station musicale.

« Va faire un tour. En mode discret, hein – il monta le son d'un R'n'B lancinant, leva la main. Attends ! »

Dans le rétroviseur central, la silhouette de Vincent se profilait, la bouteille à la main comme une arme de poing.

« On s'arrache, l'autre crétin déboule. »

Yan déboîta et accéléra au moment où la bouteille éclatait contre le pare-chocs arrière, étoilant un coin de calandre. Dans le rétroviseur, Vincent rétrécissait à vue d'œil. Il disparut dans l'ombre du boulevard et Yan alluma une autre cigarette.

« Trop de monde. Il paiera plus tard. »

14

Les applaudissements crépitèrent comme un orage libérateur, sous la bannière proclamant en lettres tapageuses : « New Market Show ! Linking France to China ! » Un jet de pigeons s'envola par les claires-voies, s'éparpilla en bouquet dans le ciel sans nuages qui faisait étinceler les entrepôts de la zone d'activité d'Aubervilliers.

Le groupe de notables était descendu de l'estrade et la foule se pressait vers un aréopage d'hommes d'affaires entourés d'élus, de commerçants et de journalistes. Au centre, monsieur Li distribuait les poignées de main, entourait d'un bras bienveillant un homologue chinois en délégation commerciale, souriait devant les flashs. Le groupe se pressait déjà vers un long buffet en « L » quand Li aperçut un homme jeune, en retrait, qui cherchait son regard. Il s'excusa auprès des notables et fendit la foule.

« Les affaires vont bien, cher oncle, dit Yan en serrant sa main avec respect. De mieux en mieux, on dirait. Sacré beau projet.

— Les affaires sont les affaires. Qu'est-ce qui me vaut l'honneur de ta présence ? » ironisa à voix basse monsieur Li, l'entraînant plus loin. L'agitation fébrile de Yan contrastait avec la masse respectable du businessman, campé sur des jambes de lutteur, l'œil rivé sur les heureux élus à l'autre bout du buffet ; le maire de la ville poursuivait une conversation animée avec les Chinois par traducteur interposé, une journaliste prenait des notes en mâchant un petit-four, des commerçants éclusaient le champagne. Comme toujours, Li avait bien fait les choses. Il se retourna vers Yan.

« Je suis sur un coup, en plein cœur de Belleville.

— Les affaires reprennent, dit Li en hochant la tête. C'est bien, tu suis mes conseils : se concentrer sur son cœur d'activité.

— C'est ça, reprit Yan. Une occasion en or. A ne pas manquer !

— Où en sont tes investissements ? coupa l'homme d'affaires. Le fonds de roulement de la société. » L'euphorie de Yan s'évanouit aussitôt.

« A ce propos... C'est pas donné, non plus – il se jeta à l'eau. J'ai une partie du capital... mais il faudrait apporter une caution – il baissa la voix. En liquide, si possible. Voilà.

— Voilà », répéta monsieur Li en écho. Il surveillait le buffet, leva le menton vers un convive qui lui rendit son salut avec enthousiasme. Xiao Sheng Li se retourna vers son neveu. Visage impassible, voix ferme.

« J'ai déjà renfloué ta boîte il y a six mois. Et deux ans avant, aussi. Tu te souviens ? »

Le jeune homme se figeait sans rien dire.

« Tu devais consacrer le fonds à l'immobilier. Exclusivement. Or, qu'est-ce que j'apprends ? Que tu traficotes dans l'import-export. De l'électroménager chinois, c'est ça ?

— Ça part bien, hésita Yan. J'ai des acheteurs à Barbès, à Magenta. Un gros client à Evry.

— Qu'est-ce que je t'ai dit, Yan ?

— C'est remboursé en septembre. Avec une grosse plus-value qui...

— De te concentrer sur l'immobilier, coupa monsieur Li. Mais tu ne m'écoutes pas. » Le ton avait monté d'un cran. « Tu n'en fais qu'à ta tête. »

Li avança vers le buffet, comme si la conversation était close, mais Yan le contourna pour se placer tout près de son oreille. Sa voix avait changé, tendue, presque agressive.

« Tu ne peux pas me faire ça. Sinon... »

Monsieur Li s'arrêta, plongea son regard dans celui de Yan.

« Que se passe-t-il, Yan ? Tu menaces ton oncle, maintenant ?

— Tu sais de quoi je parle. » Le visage de Yan s'était contracté, un peu de sueur perlait sur ses tempes.

« J'ai des billes », lança-t-il d'un ton de défi. Puis il disparut dans la foule.

Monsieur Li resta un instant à regarder autour de lui les signes extérieurs d'un petit empire qu'il avait mis trente ans à bâtir. Trente ans de labeur acharné, pierre par pierre, billet après billet. Sacrifice après sacrifice. Il sortit son portable, composa un numéro.

« Jian, c'est Li. Tout se passe bien – le grésillement en réponse. Dis-moi, tu connais mon neveu ? Yan, celui d'Immo 93. Renseigne-toi sur ce qu'il trafique à Belleville – le grésillement. Toujours l'immobilier, oui. Et rappelle-moi. »

La langouste se déplaçait sur le lit de gravier, frôlant la paroi de verre avec ses antennes. Sa tête se redressa avec précaution, ses pattes patinèrent dans le vide et un requin bleu la goba en passant, faisant exploser la carapace en petits morceaux de chitine laiteuse. D'autres requins se jetèrent sur les débris avec frénésie et le groupe de filles collé contre la vitre éclata de rire en applaudissant à l'unisson.

Après plusieurs jours, Line avait fini par tomber sur l'insaisissable Gordon. Rendez-vous avait été pris dans un de ces clubs luxueux qui poussaient comme des plantes vénéneuses sur le Bund, avec vue inévitable sur la *skyline* de Pudong.

Line se détacha du spectacle des requins à la curée, longea l'aquarium géant qui menait au bar, reprit un verre parmi la foule, toujours le même mélange disparate d'expatriés et de jeunes loups asiatiques qui faisaient les nuits folles de Shanghai, alimentant le nouveau rêve chinois dans un flot ininterrompu d'alcool, de dollars et de yuans.

Une heure déjà et toujours pas de Gordon. Elle refit le tour des *lounges*, traversa avec une indifférence étudiée les salons privés, retourna vers le bar où des danseuses déguisées en *bunnies* à porte-jarretelles se déhanchaient sur le comptoir, encouragées par des Américains en goguette. Elle était à nouveau sur la terrasse, flottant dans une hébétude alcoolisée quand son portable sonna. Il était là et elle le repéra un peu plus loin, accoudé à la balustrade, entouré de mannequins.

Gordon ressemblait à son homologue français, en plus massif, plus fripé aussi, avec des yeux clairs rougis par l'alcool et le manque de sommeil, des cheveux longs lissés en arrière. Il l'enlaça, mâchant ses mots avec un fond d'accent texan ; les filles autour de lui étaient chinoises, sauf une Américaine qui blaguait dans son portable. Toutes étaient belles, d'une beauté tapageuse, accentuée par un maquillage chargé, des tenues outrageusement sexy, portant des *platform boots* ou des escarpins vertigineux qui les faisaient paraître encore plus longilignes. Elles la dévisagèrent sans un mot.

« Hey Line ! Martin m'a beaucoup parlé de toi. Et il avait raison !

— C'est gentil. Tu viens souvent ici ?

— C'est mon quartier général, s'esclaffa-t-il en reprenant une gorgée. J'ai vu tes photos, ton book par internet. C'est pas mal, mais...

— Oui, demanda Line, un peu gênée par cette attention sans détour.

— Ça manque de sexe. Pas assez décadent pour Shanghai. Pas vrai, mesdemoiselles ? »

Elles éclatèrent de rire, l'une d'elles se blottit contre son épaule en minaudant. Gordon palpa sa taille puis se dégagea.

« Je plaisante. Suis-moi, je vais te présenter quelqu'un d'important – il lui tenait le bras. Bougez pas, les filles. Je reviens tout de suite. »

Gordon la pilota à travers la foule, jusqu'au bar où ils reprirent un verre. « Goûte-moi ça. Tropical Scorpion. Cognac, lait de coco, gingembre et piment vert, ça déchire », hurla-t-il en passant devant des enceintes qui soufflaient une techno industrielle lancinante. Dans la salle où les *bunny girls* se déchaînaient sur un podium, il salua quelques personnes, étreignit un homme qui aurait pu être son père, enlaça une Chinoise en tailleur à décolleté plongeant. Line suivait, un peu ivre, ébauchant un sourire discret quand on la regardait. Ils longèrent un couloir laqué de noir, débouchèrent sur un vaste *lounge* constitué d'alcôves privées séparées par des rangs de perles tombant du plafond. « Je te présente madame Smith. Yao Smith. »

Au centre d'un canapé en cuir qui donnait sur les tours de Pudong, une femme rondelette, la cinquantaine fardée, lançait des ordres brefs dans un portable. Teinte en brun prune sur carré court, elle portait de larges lunettes fumées, aux branches incrustées de diamants. Line nota son nez refait, sa bouche rouge gonflée de silicone. « Smith, c'est pour l'international, le business », souffla Gordon à Line. La femme leur fit signe de prendre place et termina sa conversation où se mêlaient mandarin et anglais des affaires.

Gordon se pencha, prit la main couverte de bagues, y posa un baiser délicat.

« Comment allez-vous, chère madame Smith, dit-il. Voici Line Li, de Paris. Line... Madame Smith, de Premium Agency.

— Chairman of the board », précisa-t-elle. Derrière les verres fumés, elle inspectait la jeune Française.

« Je crois que je vais vous laisser, annonça Gordon. J'ai beaucoup à faire, ajouta-t-il en reculant. On se voit bientôt. » Il disparut avec un sourire canaille dans un froissement de perles nacrées.

Madame Smith regarda Line en silence pendant un moment. Elle se renfonça dans le canapé, croisa les jambes et leva vers Line une main aux ongles laqués de rouge. « Mets-toi debout », dit-elle. Suivit une rafale d'injonctions sur un ton sec qui ne souffrait aucune contradiction. « Tourne-toi. Profil droit, profil gauche. Tes mains. Lève le menton. Déhanche-toi. Souris. Lève un bras. Main sur la hanche. Assieds-toi. »

Line s'exécuta, le feu aux joues. Madame Smith se pencha en soupirant, prit une carte sur un tas posé près du portable. Après le test, le verdict.

« Tu es un peu raide. Tu as de beaux cheveux mais tu es trop mate. Ici, on préfère les filles blanches.

— C'est provisoire », tenta Line et elle regretta aussitôt d'avoir passé ses après-midi au soleil sur le Bund, à écouter de la musique en regardant le fleuve. Cinq jours qu'elle n'avait pas remis les pieds à la banque.

« Possible. Tu n'es pas très grande, non plus. Quel niveau d'études ?

— J'ai un master de finance internationale.

— Eduquée. Peut-être trop. Mais ça peut servir. »

Elle lui tendit une carte de visite, l'observa à nouveau avec soin.

« Possibilité pour du catalogue. Comment va Martin ?

— Il travaille toujours pour des revues de mode. On a fait un portfolio ensemble, avant de partir et...

— Il est toujours à Paris ? Il devrait venir ici – un rictus satisfait. Paris est *out*. »

Le portable vibra. Elle prit la conversation, ignorant la jeune fille qui retournait la carte entre ses doigts. Line se leva, fit un salut timide avant d'écarter le rideau de perles. La femme d'affaires leva la main, plaquant le portable sur sa poitrine. « J'ai ton numéro ? N'oublie pas de m'envoyer ton book. Et ton adresse à Shanghai. »

L'hymne national chinois éclata dans un quintet de cuivres accéléré, une sirène d'alerte mugit et la *Marche des Volontaires* se métamorphosa en un déluge sonore de basses et de synthétiseurs, scandé par la masse des danseurs en transe ; juchées sur les enceintes, des go-go danseuses mimaient des coïts solitaires, encouragées par une géante mongole en string qui dansait avec un python albinos ; une nuée de flashs crépita et la foule se fendit en deux pour laisser passer un homme d'affaires obèse tenu en laisse par une *catwoman* impitoyable. C'était la *Crazy hour*, le moment psychédélique programmé où tout bascule dans l'hystérie collective, et les serveurs relançaient déjà la consommation d'alcool avec des seaux de champagne éclairés de feux de Bengale.

Ivre d'alcool, de bruit et de solitude, Line essayait d'oublier le réquisitoire de la présidente de Premium Agency en dansant, entourée de soiffards envoûtés par ses déhanchements sensuels – n'était-elle pas assez belle, pas assez singulière pour emporter les suffrages de madame Smith ? Elle sentit une main saisir son poignet, c'était Gordon qui l'entraînait. Il la guida vers la terrasse où un vigile empêchait un groupe de jeunes Chinoises de prendre d'assaut le comptoir. Derrière une haie de bambous, ils se posèrent face à un bar plus cosy, où la conversation était possible. Gordon commanda de nouveaux cocktails, se tourna vers Line qui s'agrippait à un tabouret.

« Ça s'est bien passé, avec madame Smith ?

— Moyen. Elle paraît très exigeante... et si désagréable.

— Elle fait toujours ça avec les novices. Elle te rappellera si elle est intéressée. »

Il lui tendit un verre, trinqua avec un large sourire.

« Je vais te présenter d'autres gens. Je connais tout le monde ici. » Un long silence habillé d'une musique d'ambiance, pendant lequel Gordon regarda autour de lui. Son visage s'éclaira.

« Hey, Brad ! Comment tu vas ? » Line tourna la tête et Gordon glissa dans son verre un cachet jaune pâle qui disparut dans l'épaisseur du cocktail.

Derrière elle, un jeune homme en costume la regardait avec insistance. Mince et bronzé, cheveux noirs lissés à la Brillantine, une allure de jeune premier de cinéma, presque rétro – un Gatsby chinois, nota-t-elle.

« C'est Charles Yu mais tout le monde l'appelle Brad, comme Brad Pitt, s'esclaffa le photographe. Il vit entre Shanghai et Hongkong. Il collectionne les œuvres d'art et les jolies filles. Immobilier de luxe, Bourse, galeries... Il est richissime. »

Le jeune milliardaire revint avec une coupe de champagne et le trio trinqua à la Chine, à Paris et Gordon ajouta Dallas, sa ville de naissance, « capitale du pétrole et du mauvais goût, où je n'ai jamais remis les pieds depuis que j'ai l'âge de prendre un billet d'avion ».

« Gordon m'a dit que tu cherchais du travail à Shanghai, nota Brad.

— Je suis dans la finance mais c'est pas vraiment ça.

— Aussi brillante qu'elle est belle, ajouta Gordon. Parisienne jusqu'au bout des ongles. Une perle rare. »

Il dégagea une mèche rebelle sur le front de Line, manqua tomber du tabouret, se retourna vers le bar, leva son verre vide. L'ivresse appelait l'ivresse.

« Tu as déjà défilé à Paris, il me semble, dit Brad. Et j'ai vu le portfolio de Martin sur le net. Canon.

— Tu connais Martin ?

— Il a couvert un défilé privé que j'organisais il y a six mois.

— Tu es aussi dans la mode ?

— L'immobilier, l'art, les défilés... Le maître mot est : diversification. J'adore la mode. Et mes clients aussi. »

Line le regardait avec un mélange d'inquiétude et d'euphorie, comme si elle voyait un extraterrestre pour la première fois. Un bel extraterrestre. Il salua de sa coupe des gens qui passaient et elle aperçut, dépassant de son bracelet-montre, un tatouage qui ressemblait à une queue de scorpion. Une brise tiède soufflait sur la terrasse et un rockabilly sensuel se fit entendre. « Viens, j'adore ça », dit Brad en l'entraînant sur la piste éclairée par les tours de Pudong.

Brad dansait avec un mélange d'élégance et de force, elle sentait l'étau de sa main quand il la tirait après une nouvelle passe de rock, la relançait en la faisant tournoyer autour de son bras ; les tours de Pudong clignotaient, des visages éclataient de rire avant de disparaître dans un brouillard multicolore. A la fin d'une passe il la serra contre lui et elle ne put s'empêcher de penser un instant à la rencontre avec Vincent, si douce et si intense, si différente, mais ça n'avait plus d'importance. Il y eut un voile noir devant ses yeux et elle se retrouva accrochée à Brad alors que le DJ enchaînait une succession de slows *vintage*. Une nausée montait lentement de son estomac, elle voulut se dégager mais elle était un pantin qui tanguait, entravé dans une nasse de tendons et muscles. Autour d'elle, les lumières de Pudong se diffractaient en fragments colorés comme à travers un kaléidoscope. Elle sentit ses jambes se dérober.

« Je ne me sens pas bien, dit-elle dans un souffle.

— On va ailleurs, pas de problème. »

Le Chinois l'entraînait déjà vers les *lounges* quand quelqu'un cria contre son oreille. « Line ! Qu'est-ce que... tu fais là ? »

C'était Wang, toujours avec son air compassé et son débit de parole hésitant. Brad avait stoppé son élan, le bras de Line autour de son cou.

« Tu penses à ton stage, Line ? Mon père te cherche depuis cinq jours, quand même. » Il avait l'air outré, son visage flou se tordait comme une gargouille, elle pouffa de rire en laissant retomber sa tête comme une poupée désarticulée. Brad jeta un œil mauvais au banquier, leva le bras vers la terrasse et un cerbère à crâne rasé approcha aussitôt.

« Retourne t'occuper au bar. C'est ma tournée. »

Le videur enlaça Wang et l'entraîna comme un vieil ami qu'on ne veut plus lâcher.

Brad et Line longèrent la piste de danse où la foule en transe continuait de hurler les bras au ciel, passèrent devant l'aquarium où les squales louvoyaient en silence dans une lumière bleutée. A nouveau un voile noir, une chute interminable vers les abysses, puis le bruit de la ville, le vent tiède, des claquements de portière. Line s'enfonça dans une banquette de cuir molle comme de la boue, une poigne ferme la redressa contre la portière et le taxi démarra, poussant les rapports de vitesse dans une accélération continue. Elle s'accrocha à la poignée latérale, sentit un bras qui l'enlaçait, une main qui fouillait son soutien-gorge. Elle tenta de se dégager puis ce fut le trou noir.

15

Les toits de Paris se découpaient à perte de vue sous un début de halo mauve, hérissés de cheminées et d'antennes tordues. Adossé à un fronton d'immeuble, Leica sur les genoux, Vincent sentait la tiédeur du zinc réchauffer ses jambes à travers la toile du jean.

Il s'était réveillé en sursaut à 3 heures du matin, avait palpé par réflexe le vide des draps à ses côtés. Incapable de se rendormir, il avait attrapé son sac à dos, calé l'appareil dedans, escaladé le vasistas qui donnait sur le toit. Une échelle boulonnée à la paroi lui permettait de gagner une terrasse, trois étages plus haut. Il ferma les yeux, essaya d'imaginer où pouvait être Line au même instant, ce qu'elle faisait de ses jours et de ses nuits à dix mille kilomètres d'ici. Machinalement il consulta son portable, vérifia le réseau, toujours déconnecté avec Shanghai. Peut-être plus que l'absence, c'était cette défection technologique qui l'oppressait, le lien était rompu et il ne pouvait s'y résoudre.

Il finit par s'assoupir et quand il rouvrit les yeux, le ciel avait changé, la pénombre avait laissé place à une aube pourpre striée de nuages en feu ; au ras des toits une lueur vive annonçait le lever du jour. Il franchit le dernier toit, sortit de son sac un téléobjectif puissant, le fixa au Leica et, en appui sur une cheminée, il visa le boulevard de Belleville, deux cents mètres en contrebas. Il mitrailla au moteur, figea dans le mouvement un balayeur en gilet fluo sur la chaussée encore sombre ; il fit une rafale de clichés pour saisir la meilleure pose, observa une dernière fois la lumière qui éveillait Paris. Il s'apprêtait à regagner le studio. Il hésita, la rue de Romainville n'était pas loin, il descendit et bifurqua vers chez Dao.

C'était devenu une habitude, un rituel ou un trouble obsessionnel compulsif : la porte entrouverte, comme une invitation chronique. Vincent se préparait au pire en entrant dans le petit salon. Personne, juste l'habituel capharnaüm. La cuisine était vide. Dans l'immeuble d'en face, un vieillard insomniaque en gilet de peau le salua, accoudé au balcon. La chambre aussi était déserte et Vincent poussa la porte de la salle de bains. Dans la baignoire sabot émergeait la tête de Dao, paupières closes, coude en appui contre l'émail, main crispée sur le rebord. Non. « Dao ! » supplia Vincent en saisissant le bras humide et Dao ouvrit les yeux.

« Qu'est-ce que tu fais encore ?

— J'étais dans la rivière, je me baignais avec les buffles. Et avec Hang.

— Sors de là, tu vas prendre froid.

— Il s'est encore enfui, le galopin », dit-elle en enfilant le peignoir avec l'aide de Vincent.

Assise sur le canapé, elle repoussa les affaires qui l'encombraient, tapota la place à côté d'elle. Pendant que Vincent s'installait, elle attrapa un album photo sous la table basse. « Il n'est pas souvent là, dit-elle avec résignation, mais je vais te le montrer quand même. »

Vincent connaissait le vieil album, il l'avait feuilleté, enfant, lors des longues journées chez elle, sans y prêter attention. Tout semblait si loin. Elle tournait les pages lentement, s'arrêtait sur un commentaire anecdotique – « la baie d'Along pour les vacances », « le Cercle Sportif et sa piscine », « le collège français où Hang était inscrit » –, reprenait la litanie des souvenirs ressassés. Vincent s'apprêtait à repartir quand il interrompit le murmure de Dao. Sur une photo cadrée à mi-buste, le fils enlaçait sa mère avec un grand sourire, le bras par-dessus son épaule. Le cliché, fait à la chambre, était de bonne qualité et on distinguait nettement une chevalière qui brillait à l'annulaire de Hang.

« C'est quoi, cette bague, dit-il en mettant le doigt dessus.

— La tête de dragon. Elle venait de mon père. Qui la tenait de son père.

— Tu l'as gardée ?

— Oh non, elle appartient à Hang. De père en fils, c'est la tradition.

— Elle est où, maintenant ? Dao ? »

Elle s'était à nouveau figée, perdue dans le passé. Vincent insista, lui pressa doucement le poignet. « Elle est où, cette bague ? »

Dao fit le geste d'un oiseau qui s'envole avec sa main, la regarda s'élever au-dessus de sa tête. Un beau mouvement souple de tai-chi. Elle se tourna vers Vincent et l'écheveau de rides changea sur son visage. Ses yeux étaient deux fentes, noires et tristes. « Elle s'est envolée avec Hang. Pfuit. Disparue. »

Vincent repartit dans la matinée, tandis que Dao plongeait dans la torpeur qui la gagnait de plus en plus souvent. Avant qu'elle ferme les yeux, il lui avait promis de revenir le soir, et avait laissé sur la table basse le sachet de chouquettes qu'elle aimait tant. Il fallait que Marie-Paule lui en dise plus à propos de Hang. Et de sa disparition.

Un bras aux poils roux poussa la porte et monsieur Li entra d'un pas pesant, sans un regard pour le planton. Anaïs Benoit s'affairait derrière son ordinateur et, sans relever la tête, elle lança un « Asseyez-vous, j'en ai pour une minute » catégorique. Monsieur Li la dévisagea de longues secondes – elle sentait son regard pointé sur sa tête – puis s'assit en soufflant, ses bras trapus en appui sur les cuisses. Il soupira ostensiblement, croisa les bras, attendit dans le silence ponctué des cliquetis du clavier. Soudain, une mélodie d'aéroport rompit le calme, l'homme d'affaires plongea la main dans sa poche, coupa le portable, commença à pianoter. Une vibration se déclencha dans l'autre poche, il sortit un second téléphone, lâcha un « Oui » irrité.

« Bien. Je vais vous demander de couper vos portables, monsieur Li. »

Il regarda la lieutenante d'un air outragé, le téléphone en suspension près de l'oreille. Il était à point, elle se radoucit.

« Désolée pour vos réunions d'affaires, vous êtes très occupé et je ne serai pas longue – un silence appuyé. Ma convocation a pour objet un incident qui a eu lieu récemment à Belleville.

— En quoi ça me concerne, lâcha-t-il d'un ton hostile.

— Tout le monde vous connaît à Belleville, monsieur Li. Et vous connaissez tout le monde.

— C'est juste.

— Vous avez peut-être eu vent d'informations que nous ignorons. Les gens se confient peu à la police, vous savez.

— Je m'en doute. »

Il semblait peu disposé à coopérer, elle décida de jouer cartes sur table.

« Vous avez un neveu, à Belleville.

— J'en ai plusieurs. Nous sommes une grande famille.

— J'entends bien. Un neveu qui s'appelle Yan.

— Exact. De quoi s'agit-il ? »

Il semblait fulminer, palpait par réflexe un portable dans sa poche.

« Votre neveu est dans l'immobilier, il me semble. Immo 93, ça vous dit quelque chose ?

— Bien sûr. Je l'ai aidé à monter cette petite affaire – un sourire contraint. Il faut bien que jeunesse s'occupe.

— C'est tout à votre honneur, monsieur Li – un regard neutre. Vous êtes associés, non ?

— Disons que je lui donne un coup de pouce.

— Vous avez des parts dans la société – elle consulta un document. Tout est inscrit au registre du commerce. Vous êtes donc associés.

— Où voulez-vous en venir ? »

Il soupira à nouveau, jeta un œil à l'horloge murale. Encore une vibration dans une poche.

« Vous connaissez le Dragon Céleste ?

— C'est un restaurant – il ne broncha pas. Un petit restaurant.

— Il a été incendié, il y a dix jours.

— Je n'étais pas au courant. »

Il ne cillait pas davantage mais la réponse avait été immédiate, sans marque de surprise, comme s'il s'était préparé à l'entretien. Anaïs Benoit glissa une photo sur le bord du bureau.

« Un incendie criminel. Avec un véhicule suspect. Vous reconnaissez ce véhicule, monsieur Li ? »

Il marqua à peine le coup, repoussa la photo.

« Possible... Je veux dire – son visage se rembrunit. Je crois que mon neveu a le même.

— En effet. Une Porsche Cayenne Turbo grise, précisa-t-elle. Elle a été filmée devant le restaurant. Au moment où l'incendie s'est déclenché.

— C'est bien celle de mon neveu. »

Il s'était affaissé sur la chaise, essayait de garder un air digne mais il secoua la tête.

« Je ne comprends pas.

— Nous non plus, monsieur Li. L'enquête pourra peut-être nous éclairer. Si les faits sont avérés, bien sûr. »

Elle lui laissait une ouverture, propice aux confessions. Il semblait bouleversé. Il parla d'une voix basse, étranglée.

« Mon neveu a eu une jeunesse difficile. Très difficile. Son père est mort quand il avait une dizaine d'années. »

La lieutenante prenait des notes, elle tenta son va-tout dans la foulée.

« Comme votre premier patron, je crois. »

Il se redressa et elle sentit dans son regard la pulsion de haine qui passa aussitôt.

« Quel rapport avec mon neveu ?

— Simple constatation – un silence pesant, contrôlé. Votre patron, c'était bien le propriétaire du Dragon Céleste ?

— Exact. Ça remonte à plus de vingt ans. Vingt-trois ans, précisément – il lui rendit son silence. Je ne vois toujours pas le rapport.

— Bien. »

La lieutenante Benoit remit en ordre quelques feuillets, referma le dossier et se leva. C'était suffisant pour un premier tour de chauffe. Elle reconduisit Li à la porte, esquissa un sourire de politesse.

« Merci pour votre disponibilité, monsieur Li. Nous ne manquerons pas de vous tenir au courant des suites de l'affaire. »

Monsieur Li lui tendit une carte.

« Dorénavant, il serait préférable de prendre contact avec mon avocat – un sourire tranquille. Je suis très occupé, vous comprenez. »

Li s'engagea sur le boulevard, plus fluide les soirs de juillet, stoppa à un feu. A cinquante mètres il apercevait le Dragon Céleste, fenêtres du premier étage allumées. Il hésita un instant, distingua une ombre derrière un rideau, puis reprit sa route. Place du Colonel-Fabien, il déclencha son kit mains libres.

« Jian ? C'est moi. On se retrouve chez mon neveu, à Aubervilliers. Immo 93, oui.

— J'y suis dans un quart d'heure.

— Très bien. On s'attend au carrefour – un silence. Et n'oublie pas d'assurer nos arrières. »

Le soleil se couchait en étirant les ombres des entrepôts dans les rues étroites d'Aubervilliers. Malgré l'heure tardive, une bonne partie des boutiques et commerces de gros étaient illuminés, comme si le business refusait de s'interrompre, avide de transactions, hermétique aux fuseaux horaires.

Monsieur Li se gara derrière une berline patinée et Jian, son ami et complice de trente ans – même gabarit en moins voyant –, sortit lourdement. Sa veste relevée laissait deviner la crosse mate d'un vieux Beretta 9 mm. Par précaution, les deux hommes stationnaient sur l'avenue, à moins de vingt mètres de la porte de la société immobilière, plongée dans la pénombre. Ils avancèrent sur le trottoir, dépassèrent l'enseigne, s'arrêtèrent devant le hangar adjacent, où filtrait un rai de lumière. Li entra sans frapper, suivi de Jian et les deux sbires de Yan se retournèrent. Devant l'escalier qui montait vers un bureau trônait le 4 × 4.

L'un des hommes s'avança, hocha la tête avec un mélange de respect et de méfiance. Li n'y répondit pas, poursuivit jusqu'au bas de la passerelle – Jian était resté en retrait, mains jointes devant sa veste. Monsieur Li lança un mot bref, qui résonna en aboiement sur les tôles : « Yan ! »

Une ombre s'agita derrière les vitres du bureau, suivie de bruits de pas précipités et Yan apparut sur la plate-forme. Sourire aux lèvres, il descendit l'escalier d'un pas mécanique.

« Oncle Li, dit-il. Qu'est-ce que tu fais là ? »

Il se balançait sur ses pieds, jetait un œil vers les palettes de cartons d'électroménager empilées dans l'ombre du hangar. Li détailla son costume cintré, ses bottines pointues, remonta jusqu'à la cravate dénouée, plongea dans les yeux de Yan. Massif comme un roc.

« Combien, dit-il d'une voix sourde.

— Pardon ?

— Combien pour le Dragon Céleste ? »

Le regard de Yan s'éclaira, il ne tenait plus en place, bougeait les mains à l'italienne.

« Ça, c'est la bonne affaire !

— Tu me l'as déjà dit. Combien ?

— Je dirais... cinquante pour l'avance. En liquide – il déglutit. Cinquante "K" euros.

— Je ne parle pas de tes frais. Combien tu proposes pour l'achat du restaurant. Le Dragon Céleste.

— En tout ?

— En tout, oui.

— Cent trente, lâcha Yan. Frais de notaire compris.

— Le double.

— Hein ?

— Ça vaut le double. Deux cent soixante mille euros. »

Yan fouilla dans sa poche, sortit une cigarette d'un paquet fripé, l'alluma. Il aspira profondément, écarquilla les yeux. Les néons soulignaient les rides sur son front, accentuaient son air effaré.

« Qu'est-ce que tu racontes ? – il hésitait. Je n'ai pas cette somme. Et puis, ce sont les affaires.

— Ce n'est pas une affaire, c'est une arnaque.

— J'ai juste bien négocié, c'est tout. »

Le ton commençait à monter. Tétanisés, les deux sbires contemplaient le match comme des spectateurs hypnotisés. Resté en retrait, Jian avait dégagé sa veste, posé la main sur sa hanche, la crosse dépassant de la ceinture. Li regardait le hangar, les sbires, la Porsche Cayenne, les palettes scellées dans le fond. Il se retourna vers Jian, puis se rapprocha de son neveu.

« Tu ne vas rien négocier du tout. Tu as déjà assez fait de dégâts comme ça.

— Qu'est-ce que tu veux dire ?

— Tu sais de quoi je parle. »

Yan téta une autre bouffée, et cette fois sa main tremblait. Dans un effort, il se reprit, balbutia d'une voix éraillée : « Tu n'es pas le seul businessman, ici – il releva le menton. Je trouverai ailleurs. »

Monsieur Li se dirigeait déjà vers la sortie, suivi de sa fidèle doublure. Sans se retourner, il lança d'une voix qui résonnait sur les parois : « Trouve-toi d'autres pigeons si tu veux. Mais tu ne touches pas au Dragon Céleste. » Il claqua la porte dans un fracas métallique. Au centre du hangar, Yan et les sbires formaient trois silhouettes immobiles, pantins figés au centre de la scène.

Jian et Li avançaient côte à côte, deux masses identiques formant une seule ombre sur le trottoir.

« Ça s'est bien passé, dit Jian dans un demi-sourire, suivi d'un silence qui accentuait son ironie. Ce sont de bons gars, finalement.

— Je n'en doute pas une seconde, soupira Li. Après tout, c'est la famille. »

Au moment de se séparer, Li lança un dernier message à Jian, par-dessus le toit de la limousine : « Tu vas devoir surveiller ce petit con. Et les deux autres zouaves, aussi.

— Je sais, Xiao. Je sais. »

16

Un étau de douleur l'enserrait des tempes à la nuque, balayant toute conscience du temps, toute mémoire récente. Line leva la tête, grimaça dans un lit trop vaste pour pouvoir l'embrasser des deux bras. La lumière heurtait ses yeux gonflés de sommeil, elle sentait ses articulations endolories comme si on l'avait battue. Elle ne se souvenait de rien.

Elle se leva, nue, écarta les voilages. Face à elle s'écoulait un fleuve très large, peut-être un estuaire, dont les eaux grises absorbaient un ciel couvert, percé de trouées lumineuses ; à gauche une longue île plate, envahie de tours et de grues navales, avec des bateaux à quai ; tout près, un chalutier laissait filer un sillon d'écume saumâtre. A droite, presque cachée par le linteau de la fenêtre, la lumière descendante voilée de brume. A l'horizon, rien d'autre que cette étendue d'eau couleur ardoise faisant miroiter par moments la lumière du soleil. Elle tenta d'ouvrir la baie à double vitrage mais la poignée était condamnée. A la vue des rares voitures qui passaient au pied de la tour, elle se dit qu'elle devait être au vingtième étage.

En faisant un effort considérable, le front contre la vitre, elle parvint à retrouver quelques images de la boîte de nuit, les filles qui dansaient, la terrasse illuminée, les requins dans l'aquarium géant. Et Brad, en sueur, grimaçant au-dessus de son visage.

Une douleur irradiait son ventre. Comme pour conjurer un mauvais sort elle effleura son pubis, sonda son sexe, sentit sur ses doigts l'odeur du sperme, rance et ferreuse. Une pulsion de panique la précipita à travers la pièce, ses pieds nus comme enfoncés dans la moquette épaisse, elle atteignit un couloir, enfin l'entrée. Elle secoua la porte, tira dessus par à-coups en haletant, le bloc, blindé en cinq points, était fermé. Elle tenta de se calmer, explora les lieux, un vaste trois-pièces quasiment vide à l'odeur de neuf. Elle avait soif. Elle fouillait dans le frigo d'une cuisine à l'américaine quand le téléphone sonna, un portable à coque rose, de marque chinoise, posé sur la tablette près du lit. Elle hésita un instant, décrocha.

« Je vois que tu es réveillée. Comment vas-tu, Line ? » C'était la voix de Charles « Brad » Yu, enjouée, amicale. Elle se concentra pour garder un ton assuré, ne pas fondre en larmes.

« Que s'est-il passé ?

— Tout va bien, Line – un silence derrière lequel passait une musique d'ambiance. C'était une soirée formidable. Tu as juste eu un petit malaise.

— Qu'est-ce que je fais là ?

— Tu es en sécurité, ne t'en fais pas. Line, je sais que...
— Dis-moi où je suis.
— Attends. On m'appelle sur l'autre ligne. »
La voix plus lointaine parlait en chinois, ponctuant la conversation de petits rires de gorge. Il raccrocha.
« Je vais tout t'expliquer, dit-il d'un ton neutre. Ne t'inquiète pas, on va venir te chercher. La voiture sera là dans une demi-heure, peut-être un peu plus. Le trafic.
— Dis-moi ce qui se passe. S'il te plaît.
— Mais tout va bien ! – un écho musical. Nous allons parler de tout ça. Aucun souci à te faire. »
La voix était chaleureuse et douce, comme s'il convenait d'un rendez-vous avec un vieil ami. Il continua sur un ton de confidence enthousiaste.
« Pour ce qui concerne tes affaires, j'ai d'excellentes nouvelles. »
Elle ne l'écoutait plus, elle cherchait autour du lit, agitée.
« Mon portable. Qu'as-tu fait de mon portable ?
— Aucune idée, dit-il d'un ton surpris.
— Je veux rentrer chez moi. Au studio.
— Ne t'inquiète pas – la musique toujours, derrière la voix. Tu es mon invitée, ce soir. Mon hôte privilégiée. »
Elle restait assise sur le rebord du lit, indécise. Paralysée. La voix chaude reprit.
« Si tu veux te changer, il y a un dressing dans la chambre. Prends ce qui te plaît. C'est pour toi. Bye. »
Elle regarda autour d'elle. Sous le lit elle aperçut la robe qu'elle portait la nuit précédente, froissée comme un chiffon. Un de ses escarpins. Elle vit le petit sac à chaîne jeté

dans un coin de la pièce, le fouilla avec fébrilité, soulagée d'y retrouver son passeport.

Elle chercha la salle de bains, se précipita sous la douche. Elle se sentait sale, souillée. Elle vida le flacon de gel douche, se rinça longuement, ôta de son visage toute trace de maquillage. Il fallait qu'elle chasse de son esprit la vision fugace de son père. Laver son corps était pour l'instant la seule façon de lutter contre le sentiment de catastrophe qui l'envahissait.

Quand on sonna, elle avait revêtu une robe noire, la plus simple de la garde-robe et chaussé des escarpins de la même couleur.

« Je vous accompagne chez monsieur Yu. » L'homme ressemblait à un chauffeur de grande remise, parlait d'un ton bref et respectueux. Il la guida vers l'ascenseur, se posta près d'elle, immobile, silencieux.

La limousine filait sur une double voie qui longeait la berge, dans un trafic encore clairsemé. Sur le fleuve à sa droite, un porte-conteneurs s'éloignait vers le large ; à sa gauche défilait un alignement d'immeubles disposés en épi, puis une partie de la route se subdivisa en entreponts routiers tel un tentaculaire circuit automobile et la limousine bifurqua vers une autre direction, s'agrégeant dans le trafic plus dense. Un long-courrier passa en rugissant au ras des buildings, l'aéroport international ne devait pas être loin. Elle s'efforçait de mémoriser des repères visuels mais les images semblaient se reproduire comme une combinaison d'engrenages infinis. Dans le rétroviseur, l'homme la regardait par instants et elle repensa au visage de son père, épais et inaltérable, à son regard pesant quand il lui répétait les vertus de l'héritage familial des Li – il avait fini par s'inventer une lignée prestigieuse, lui le petit paysan misérable du Wenzhou –, quand il concluait un repas par une énième allusion au culte des ancêtres – alors qu'il avait vécu toute son enfance sous le régime de Mao –, ou qu'il lui martelait la nécessité de cultiver son *mianzi* – lui si impitoyable en affaires. Le principe du *mianzi* : toujours sauver la face. La sienne avant toute chose.

Les yeux du chauffeur se brouillèrent, la limousine s'engagea dans un tunnel interminable, strié de signalisations clignotantes puis la voiture ressurgit dans une fin de jour embrumé et Line reconnut les berges illuminées du Bund.

Coupes de champagne en main, Brad l'attendait sur le pas d'une double porte matelassée de cuir blanc, aussi éclatante que son sourire.

« Bienvenue dans mes nouveaux appartements ! »

Il lui tendit une coupe et l'entraîna le long d'un couloir, vaste comme l'antichambre d'un manoir.

« C'est encore tout nouveau, tu excuseras le côté impersonnel. » Il la précédait d'un pas souple, habillé de noir, pieds nus, se retournait pour lui faire la visite. Derrière une autre double porte, ils débouchèrent dans une pièce où trônait une tête de bouddha monumentale, éclairée de spots à basse tension. « Dynastie Ming, dit-il en l'effleurant amoureusement. Elle date de six cents ans. » Sur les murs, quatre tableaux de Lucio Fontana entouraient la sculpture de leur couleur chaude, du carmin au jaune safran, striés d'incisions nettes comme des branchies de squale ; en retrait un fauteuil « dessiné par Andrée Putman » présentait un arc de cercle parfait, plongé dans l'ombre. « Mon cabinet de méditation, dit Brad avec un sourire satisfait. Indispensable après le business. »

Ils empruntèrent un autre couloir dans un chuintement de moquette qui accentuait le malaise de Line ; elle suivait Brad un mètre en arrière, sa coupe intacte. Ils accédèrent à une sorte de bow-window surdimensionné et Brad ouvrit des deux mains la baie coulissante. « A room with a view », dit-il, sourire aux lèvres.

La vue était à couper le souffle. Line avança sur la terrasse, effarée et fascinée à la fois. Encadrée d'un garde-corps, la terrasse faisait le tour de l'appartement qui occupait le dernier étage de l'immeuble. C'était un de ces immenses *penthouses* pour milliardaires, acquis sans regarder à la dépense, d'après une sélection de clichés avantageux sur des sites privés ou dans des magazines de décoration. Les nouveaux châteaux en Espagne des nouveaux riches – biens réels, ceux-là, et situés le plus souvent en Chine.

Bâti au sommet d'un promontoire artificiel au-dessus du fleuve, l'appartement offrait une vue grandiose et stratégique. On apercevait les bâtiments coloniaux du Bund et, plus loin, les lumières de Pudong ; sur le fleuve des barcasses de pêcheurs clignotaient, minuscules lucioles aquatiques. L'air était tiède, une légère brise tropicale, l'eau et le ciel réunis dans une teinte anthracite où se fondaient des nuances de mauve. La nuit était tombée sur Shanghai.

Ils prirent place sur des canapés en vis-à-vis, éclairés par des lanternes antiques ; derrière eux, un télescope sur trépied permettait d'observer l'agitation des deux côtés de la rive.

« Tu ne bois pas ? demanda Brad en levant sa coupe. Il nous faut fêter ton séjour à Shanghai – buvant une gorgée. Le champ infini des nouvelles possibilités !

— Que s'est-il passé ? » répéta Line. Elle ne démordait pas de cette sensation de catastrophe imminente, pourtant tout autour d'elle semblait si harmonieux, si luxueux, si inoffensif.

« Rien de plus banal. Tu as bu le verre de trop, dit-il d'un ton complice. Ça m'arrive aussi, et plus souvent qu'à mon tour.

— Je ne me rappelle rien. Ce n'est pas normal, murmura-t-elle comme pour elle-même.

— Ecoute, je ne voudrais pas insister mais il ne s'est rien passé. Pas de quoi s'inquiéter, en tout cas – il reprit une gorgée. Un malaise dû au mélange d'alcools. Ou une réaction émotionnelle trop forte, dit-il d'un ton plus grave. De la décompensation.

— Pardon ?

— Ça arrive parfois quand le contraste est trop grand entre deux mondes. Ça touche surtout les touristes mais…

— Je suis à Shanghai depuis quinze jours, coupa Line. J'y travaille.

— Ce n'est pas ce que je voulais dire – un silence méditatif. Le mauvais alcool, je ne vois que ça. »

Elle n'en croyait pas un mot. Il l'observait en vidant sa coupe à petites lampées.

« Je suis où, exactement ? Là où j'ai dormi.

— Je n'avais pas ton adresse, je t'ai conduit dans un lieu sûr. Un de mes nombreux pied-à-terre. De l'investissement immobilier. Un endroit tranquille qui donne sur le fleuve, dans l'autre boucle, là-bas – geste vague. Revenons aux affaires. Une seconde. »

Il se leva d'un bond, frappa au carreau du bow-window, revint s'asseoir. « Avant toute chose, mangeons. Tu dois mourir de faim. »

Dans un mouvement parfaitement synchronisé, un majordome franchit la baie vitrée, un plateau sur les bras. Sans un mot, il déposa les plats fumants sur la table basse, plaça au centre une bouteille de vin débouchée.

« Un vin chinois, cépage merlot. Excellent domaine, en expansion dans le Xinjiang. Un investissement prometteur, et j'en suis le principal actionnaire. »

Il s'apprêtait à la servir, s'arrêta en mimant l'étonnement, eut un sourire indulgent.

« Je comprends. C'est un peu tôt pour refaire des excès. »

Il lança un ordre bref au majordome posté près de la fenêtre.

« Je te fais apporter de l'eau. » Il se servit en désignant les assiettes.

« Goûte-moi ça. Du poulet thaï mariné dans le lait de coco et le riz sauvage, avec gingembre et coriandre. Et une pincée de piment vert. Délicieux. »

Malgré son angoisse, elle sentait qu'elle ne pouvait rester de marbre face à un hôte si éloquent. C'était inconvenant – peut-être même dangereux. Elle chassa une vision morbide, fit un effort pour picorer en l'écoutant.

« Tu as rencontré des gens, hier soir – un silence – mais ça ne vaut pas un clou. Madame Smith, c'est la vieille école dans le domaine de la mode – il avait pris un ton plus cassant. Je ne lui donne pas deux ans à Shanghai. » Le léger cliquetis des baguettes, l'air tiède du soir.

« Gordon a dû te dire... ou peut-être pas. Ce n'était pas vraiment le lieu – il mâcha une bouchée. L'art, le vin, la mode. Tous les secteurs où j'entreprends ont un point commun : la passion que j'y mets. L'énergie que j'y consacre. Etre le meilleur dans tous les domaines. »

Il la regardait avec un sourire conquérant.

« Je monte à Shanghai ma propre agence de mannequins. Rien que des top models – il huma son verre, trempa ses lèvres en connaisseur. Implantation chinoise et visée internationale. Je me donne trois ans pour être numéro un. Et rafler la mise. »

Line était déstabilisée par son enthousiasme, la certitude avec laquelle il exposait ses plans. Etait-ce le même visage dont elle gardait l'image, grimaçant au-dessus d'elle ? Elle n'était plus sûre de rien. Elle se concentra sur ses paroles. Surtout faire bonne figure. Ne pas montrer sa peur.

« Bien entendu, je ne démarre pas de rien. Je connais le marché. Je dispose d'un réseau solide. Photographes, directeurs artistiques, attachés de presse. Et des clients, de gros clients – un silence après une gorgée. Mais le nerf de la guerre, c'est la beauté.

— Quel rapport entre la guerre et la beauté ? hasarda Line.

— La beauté comme une force dans un monde d'images. Le monde comme volonté et comme représentation – un sourire entendu. Tu as déjà lu Schopenhauer, j'imagine ? J'adore Schopenhauer. »

Il triomphait, lui désignait d'un geste large les bâtiments illuminés du Bund. Elle remarqua des gouttelettes de sueur à la racine de ses cheveux. Et la bouteille à moitié vide.

« La beauté dans un monde d'images, c'est la clé, reprit-il en hochant la tête. Des beautés singulières, pas des mannequins aseptisés. »

Il balaya l'horizon, le regard tendu vers le large, comme si le chatoiement de Pudong approuvait ses conjectures. Puis il la fixa avec intensité : « Quelque chose d'exceptionnel. Comme toi. »

Il se pencha, effleura la main de Line, paralysée. « Tu es l'incarnation de ce projet. » Elle fit un effort considérable – mais invisible – pour briser le sortilège.

« Je ne te suis pas », dit-elle – elle avait parfaitement compris. Les yeux de Brad plantés dans les siens.

« Dès que je t'ai vue, hier soir, sur la terrasse, j'ai su. C'était une évidence. Une beauté chinoise à l'élégance parisienne – un ton plus bas, chuchoté. Je n'ai jamais vu ça. »

Il se redressa.

« Tu incarnes cette beauté singulière que je recherche, Line. Je te propose d'inaugurer le lancement en prenant la tête du premier défilé. » Un ange passa et elle se sentit rougir. Brad ne la quittait pas des yeux.

« Si je devais utiliser une image occidentale, tu serais la reine du bal. Et moi le prince charmant – il éclata de rire. Enfin, quelque chose d'approchant. »

Elle eut un faible sourire. Elle oscillait entre le malaise et l'envie d'y croire. Elle était touchée par la ferveur avec laquelle il exposait ses idées, sans détour, sans fausse pudeur. Sa certitude d'un avenir radieux lui donnait un air enfantin, renforçait sa beauté androgyne. Il la regardait avec attention, et des pensées contradictoires semblaient alterner sur son visage, ombre et lumière s'y succédant à toute allure. Il s'était levé.

« Tu pourrais être bien plus qu'une reine du bal, si tu voulais. »

Elle lui sourit sans rien dire.

« Quelque chose de plus officiel. »

Soudain, il s'approcha d'elle, s'agenouilla près de la banquette, saisit sa main.

« Je suis capable de grandes choses, tu sais.

— Je n'en doute pas.

— Je vais te confier quelque chose. Un secret entre nous. »

Il se pencha, elle sentit sa bouche effleurer sa main, fut saisie par la chair de poule. Il chuchota.

« Je veux faire de toi une star. Pas seulement dans la mode – elle le sentait haleter. Une star internationale de cinéma. »

Elle recula de manière imperceptible mais il s'était levé. La silhouette éclairée, en découpe sur la nuit shanghaïenne, lui parut un instant celle d'un fou. De ces fous séducteurs et mythomanes qui subjuguent avant de détruire. Il parlait comme pour lui-même.

« Bien sûr, il faut convaincre les investisseurs. Rester le partenaire majoritaire à l'international. Il faut penser au marché chinois, aussi. Il est considérable. »

Elle l'écoutait, abasourdie, s'enivrer de ses propres paroles.

« Monter une société de production en Chine, c'est compliqué. Même pour un Chinois influent, comme moi. Le seul moyen d'aller vite et fort, c'est de faire appel aux dignitaires du Parti. Pour gagner du temps, il faut passer au-dessus du "toucibi" – le mot tinta comme une sonnette déréglée.

— Le quoi ?

— Le CCB. "Chinese Cinema Board". Le bureau du cinéma chinois. Une délégation pléthorique qui a droit de vie ou de mort sur n'importe quel projet. Elle dépend du vice-ministre de la Culture, en charge du cinéma. Je le connais bien. D'où la réunion préalable avec les dignitaires. »

Il la regardait absorber les informations, tout sourire, son verre à la main.

« Je te les ferai rencontrer, c'est indispensable. Tu verras, ils sont charmants avec les jolies étrangères – il adopta un ton plus pressant. Si tu fais ce que je te dis, ils te mangeront dans la main – il se détendit aussitôt. On peut aller loin tous les deux. »

Il regarda sa montre, se leva.

« Il faut que je te fasse raccompagner. Le devoir m'appelle. »

Elle hésitait, ne savait comment aborder le sujet sans le froisser. Elle se lança du bout des lèvres.

« Et l'appartement ? Mon studio ? »

Il composait déjà un numéro sur son portable, donnait des ordres brefs en chinois.

« Ne te préoccupe pas de ça. La résidence est beaucoup plus sûre que la garçonnière de ton jeune homme d'affaires. Et d'une tout autre tenue. »

Le ton était devenu acerbe, méprisant. L'homme à la limousine apparut à l'angle du bow-window.

« Il te ramène. Vingt minutes de route à cette heure. Aucun danger. »

Brad poussa les poignées de la double porte matelassée d'un geste sec. Il avait l'air pressé d'en finir. Il radoucit le ton.

« Tu as tout ce qu'il te faut sur place. Vraiment tout. Tu verras ça avec madame Qiu. C'est une amie. Elle passera te voir demain. »

L'ascenseur privé s'ouvrit dans un souffle, Brad guida Line, avec un sourire de courtoisie figé comme un masque.

« Aucun souci à te faire. Tout est ok. »

Il appuya sur le bouton d'étage, se ravisa en posant la main devant la cellule de fermeture. Il la regardait avec gravité, puis son visage s'illumina à nouveau.

« C'était une soirée formidable, Line. Vraiment. »

Il leva la main et la porte coulissante effaça son sourire radieux.

17

Vingt et un jours. Cinq cent quatre heures. Trente mille deux cent quarante minutes. Zéro SMS. Les jours passaient et l'absence ne passait pas. Il avait beau tenter de s'oublier dans ses projets, ne se laisser aucun répit, le moindre temps mort réveillait la douleur. Chaque battement de cœur était un coup succédant à un autre coup. Il fallait faire quelque chose.

Vincent tournait pour la énième fois sa tasse de café vide sur une table de l'Etoile de Tunis quand il entendit une pétarade sur le boulevard. Jef et Karim louvoyaient en vociférant contre les voitures, puis le scooter obliqua vers la terrasse, sauta le trottoir dans un bruit de ferraille déglinguée et stoppa à l'ombre d'un platane. Les deux énergumènes gesticulaient et Vincent sourit face à leur perpétuel numéro de frères ennemis. Ils commandèrent un café, commentèrent le foot, le temps et les jolies filles, enchaînant blague sur trait d'esprit pour tirer Vincent de son accablement. Karim se lança le premier.

« Ça fait longtemps qu'on l'a pas revu, ton Noiche en costume, lança Karim.

— Il doit être parti sur la Côte d'Azur, ajouta Jef. Faire briller son 4 × 4 de merde.

— Ouais. Avec ou sans costard, un lascar reste un lascar. »

Ils méditaient sur la teneur philosophique de leurs vannes quand Vincent eut une inspiration.

« Ça vous dirait, un peu d'action avant d'aller dîner ? »

Vers 9 heures du soir, ils se postèrent devant le Royal Mandarin, juchés sur le scooter, et Jef les retrouva, râlant en sortant du métro. « Putain de fournaise. »

Ils grillaient des cigarettes quand une berline aux vitres noires s'immobilisa en douceur à vingt mètres. Monsieur Li émergea de la place arrière, défroissa sa veste, salua le vigile et franchit les portes de son restaurant.

« Je vous laisse faire votre numéro, dit Vincent. Tâchez d'être convaincants. » Karim et Jef chaloupèrent sur le trottoir en direction de l'établissement.

« Hé m'sieur, t'as pas une cigarette ? »

Le vigile, un Asiatique imposant, leva la tête de son portable, regard éteint. Karim s'arrêta sous son nez, les bras en croix, et Jef se glissa en douceur derrière la masse en costume noir.

« Allez, file-moi une clope. Fais pas ta pute ! » Karim affichait son air offensé des grands soirs, roulait des yeux et s'agitait en tous sens. Jef saisit les épaules du vigile à pleines mains, tira en arrière sur la veste et le cerbère resta entravé une seconde, le temps de reprendre l'équilibre. Karim lui avait arraché son portable et trottinait, l'homme à ses trousses, pendant que Jef se volatilisait entre les voitures. Vincent se glissa dans l'entrée, au loin Karim criait « Reprends ta merde où tu l'as trouvée ! » en jetant le portable dans une poubelle.

Dans la première salle, quelques tablées de touristes bourdonnaient, entourées de serveurs en tenue blanche. Vincent franchit le comptoir de réception et tomba tout de suite sur Xiao Sheng Li qui dépliait une serviette, les portables déjà posés sur la nappe. A trois mètres, une femme à permanente brune et lunettes fumées trônait derrière la caisse.

« Il faut que je vous parle, dit Vincent, coincé entre la table et une colonne de faux marbre.

— Ça attendra que j'aie fini de dîner. » Sans un regard pour le jeune homme, Li tendit le bras, enfourna un beignet, mastiqua lentement sans lever la tête.

Il y eut un cri sec à côté de la caisse et un cuistot obèse surgit, un hachoir à la main.

« C'est au sujet de votre fille », lança Vincent et le type stoppa sa course, suspendu aux ordres de monsieur Li, main levée. Sur un signe du patron, le cuistot disparut dans les cuisines et madame Li reprit ses comptes, plus glaciale que jamais.

« Assieds-toi. Si tu as des choses à me dire, tu peux te servir.

— Ça va, merci. »

Monsieur Li continuait de mastiquer.

« Pour que tu viennes ici, ce doit être important. N'est-ce pas, Vincent ?

— On se connaît ? »

Vincent se souvenait parfaitement de l'esclandre chez son oncle. De l'attitude impavide de Li quand les hommes de son clan avaient séparé les protagonistes. Aucune raison qu'il l'ait oublié. Vincent tentait juste de prêcher le faux pour savoir le vrai.

« Rien ne m'échappe, dit monsieur Li. De l'incident le plus anodin à l'affaire la plus capitale – il esquissa un sourire aigre. J'espère que tu as des nouvelles importantes.

— Justement non. »

Vincent hésitait. De la première salle lui parvenait un brouhaha étouffé, dominé par les succions de Li dévorant des langoustines. Immobile derrière la caisse, la femme semblait toute ouïe.

« Ça fait trois semaines que je n'ai aucune nouvelle de Line. C'est ce qui m'inquiète.

— En quoi ça te concerne ? »

Le visage de Li était un bloc dense, à la peau épaisse comme un cuir patiné par le temps. Seule sa mâchoire était mobile, elle mâchait et engloutissait sans discontinuer. Ses yeux noirs fixaient sans jamais exprimer de compassion ni un quelconque sentiment de sympathie et Vincent se demanda ce qu'il ressentait envers sa fille. S'il arrivait à monsieur Li d'éclater de rire ou de la prendre dans ses bras, au lieu de dévorer le monde. L'homme d'affaires attendait une réponse ferme, Vincent n'avait rien à lui offrir que ses tourments. Et sa sincérité.

« Je veux faire ma vie avec elle. »

Monsieur Li marqua une pause dans son broyage alimentaire. Il s'essuya la bouche, posa les mains sur la table et regarda Vincent.

« Non.

— Pardon ?

— Vincent Chêne. Tu as vingt-trois ans. Tu habites rue Denoyer, un studio minable avec un loyer que tu as du mal à régler. Tu as lâché tes études pour un job de serveur chez ton oncle paternel.

— Comment vous savez ça ?

— Tu n'es même pas à mi-temps. Tu passes tes journées à ne rien faire – ou pas grand-chose –, avec des types qui te ressemblent.

— Vous allez continuer longtemps de détailler mon CV ? »

L'exaspération de Vincent avait monté d'un cran mais la voix de basse restait impassible.

« Qui voudrait confier sa fille à un garçon sans avenir ?

— Qu'est-ce que vous connaissez de l'avenir ? Vous êtes devin ?

— Je connais bien deux choses : la volonté et le travail. Tu en sembles dépourvu. »

Vincent blêmit.

« Tout ne se résume pas à un plan de carrière. Vous croyez que le travail est de votre seule compétence ? Que la volonté ne concerne que vous ? »

Il se pencha en avant, siffla d'un ton rageur.

« Qu'est-ce que vous savez de ma vie personnelle ?

— Pas grand-chose, c'est vrai. Si ce n'est que tu es arrogant – un silence lourd. C'est quoi tes aspirations ? Ce que tu veux vraiment ? »

Vincent était déstabilisé. La dernière phrase résonnait dans sa tête, si difficile à exprimer. Rester simple. Aller droit au but.

« Faire de la photographie mon métier. Et vivre avec votre fille.

— La photographie... »

Monsieur Li avait fini de manger. Il prit une bière sur la table, la versa doucement. Son expression avait changé. Il fixa un point sur le front du jeune homme comme s'il se concentrait sur des images lointaines.

« La photographie. L'art. La culture. Je vous connais, vous les *Teochew*. Les Sino-Vietnamiens des Colonies. Toujours au-dessus de tout le monde.

— Quel rapport avec Line ? dit Vincent mais Li ne l'écoutait pas.

— Toujours à vous plaindre, tout en raflant les meilleures places. Les *boat people* – il ricana. Accueillis à bras ouverts, tandis que nous...

— J'ai compris – une grimace d'incrédulité. C'est parce que je ne suis pas chinois, c'est ça ? »

Li poursuivait son monologue, hochant la tête et tapotant la table avec la bouteille de bière.

« Nous, on est parti de rien, on n'avait rien. Vous nous l'avez bien fait payer, quand on est arrivé. Toujours le mot "liberté" en bandoulière. Libre de travailler, mais à votre prix.

— C'est bien pour ça que vous êtes venu, non ? La liberté. Vous n'allez pas faire la fine bouche.

— On a trimé...

— Parce que je ne trime pas, moi, quand je passe les plats chez mon oncle ? souffla Vincent, bouillant de colère. Quand je débarrasse vos assiettes ? Que je jette à la poubelle ce que vous n'avez même pas touché ? »

Monsieur Li leva la main en signe d'assentiment. Massive et grasse.

« Nettoyer la crasse. Les mains dans l'eau de vaisselle du matin au soir. Je connais. Et pas à mi-temps, crois-moi. J'ai travaillé dur pour ça. Je sais ce que c'est que de partir de rien. Je n'oublie pas d'où je viens. »

Il regarda ses portables, eut un petit sourire.

« Nous ne sommes pas du même monde. Le mien s'élève pendant que le tien diminue. Ce n'est pas ce que je veux pour ma fille. C'est hors de question. »

Vincent le regardait secouer la tête. Il se tourna vers madame Li, penchée sur sa caisse, qui lançait des ordres brefs aux serveurs venus des cuisines. Le bruissement de la salle, la musique criarde, les lampions surchargés de dorures, les colonnes de faux marbre, les touristes entourés de serveurs. Tout était en place. Elle dévisagea le garçon qui faisait face à son mari, sans autre expression que celle d'un masque trop fardé. Li s'était tu, il surveillait la salle d'un œil distrait.

« C'est bon ? La tirade sur la méritocratie chinoise est terminée ? » dit enfin Vincent.

Li hochait la tête comme s'il ne l'écoutait pas, mais sa main continuait de frapper le culot de bouteille sur la table.

« Métis, lâcha Vincent. C'est parce que je suis métis, c'est ça – il n'arrivait pas à faire redescendre la colère. Un sale 'tis comme dit votre neveu.

— Ne t'occupe pas de lui – plus bas. Il ne vaut rien. Il fait n'importe quoi.

— Moi, je sais où je vais.

— Peu m'importe. Tu n'auras pas ma fille. Je te l'ai dit : nous ne sommes pas du même monde.

— Des conneries, tout ça. Le monde change. »

Le duel de regards ne voulait pas finir. Li claqua des doigts, lança un ordre vers sa femme qui le répercuta vers le sous-sol.

« Je crois qu'on s'est compris, dit monsieur Li. On va te raccompagner vers la sortie. Gentiment. »

Le cuistot obèse attendait près de la caisse, en sueur. Vincent se leva, hésita.

« Votre fille. Tâchez au moins de savoir où elle est !

— Ça ne te regarde pas. Dégage. »

Le cuistot approchait, une main levée que Vincent repoussa en marchant vers le comptoir. Près de la porte, il cria par-dessus l'épaule du mastodonte : « Assumez vos sentiments, monsieur Li ! » Des clients se retournèrent. « Au lieu de votre face ridicule ! »

Vincent claqua la porte et s'éloigna. Monsieur Li regardait par la fenêtre la silhouette disparaître dans l'ombre du boulevard, sa femme à côté de lui, le visage mangé par ses lunettes. Elle posa une main sur son épaule.

« Tu crois qu'il sait quelque chose ?

— Pas plus que nous, j'en ai peur. »

Il recouvrit la main aux ongles rouges de la sienne.

« Zhen doit m'appeler. Elle n'a pas mis les pieds à la banque depuis plus d'une semaine. »

Comme convenu, Karim et Jef attendaient Vincent à l'Etoile de Tunis.

« Alors ? demanda Karim.

— Il a rien lâché.

— Le bâtard – un silence consterné. J'ai une idée ! »

Karim prit la cigarette des doigts de Jef, inspira une longue bouffée.

« On va le séquestrer. Lui tirer les vers du nez, crois-moi.

— On pourrait lui piquer sa thune, renchérit Jef. Et on se casse tous les trois à Shanghai. Récupérer ta princesse !

— Laissez tomber vos délires – Vincent réfléchissait. Soit ce mec est un mur. Soit il n'en sait pas plus que moi. »

Les deux complices se perdaient en conjectures quand le portable de Vincent vibra dans sa poche. Il s'éloigna, revint sur ses pas.

« Karim, on peut prendre ton scooter ? Dao est de nouveau aux urgences – désolé, Jef. »

Ils foncèrent, laissant derrière eux un sillon de fumée bleue pour remonter vers les hauteurs de Belleville.

18

Line émergea d'un sommeil pâteux en fin de matinée, ouvrit les rideaux sur une lumière au beau fixe. Le fleuve avait pris une teinte d'acier étincelant, jalonné de virgules d'écume, de chalutiers au trafic soutenu ; deux porte-conteneurs s'éloignaient vers le large le long d'une même ligne imaginaire.

Elle jeta un œil au portable d'emprunt sur la table basse : deux SMS en chinois, à un quart d'heure d'intervalle, lui rappelaient un rendez-vous au sein de la résidence. Signés madame Qiu. Elle prit une douche, choisit une tenue dans le dressing-room, la plus sobre possible – une robe sans manche en lin beige qui descendait jusqu'à mi-genoux –, attrapa les clés que lui avait tendues le chauffeur la veille, et claqua la porte.

L'ascenseur donnait sur un couloir de marbre qui longeait des boutiques de luxe, comme dans un aéroport. Elle suivit un autre couloir dont les baies vitrées dominaient une pelouse, cernée de discrets grillages ; un gardien en uniforme plaisantait avec une femme de ménage appuyée à un chariot de produits ménagers. Line déboucha sur un vaste atrium, surmonté d'une voûte de verre et d'acier. Au centre, des palmiers s'alignaient entre des échoppes de luxe, une voiture de sport rutilante, un bar cossu à ciel ouvert, décoré de néons. C'est là qu'elle avait rendez-vous avec madame Qiu.

Sur le modèle des *malls* américains, l'endroit, surdimensionné, paraissait flambant neuf. Diffusée par des haut-parleurs invisibles, une variété chinoise l'accompagna de ses notes lancinantes jusqu'au bar. Une main agitée au-dessus d'une banquette lui fit signe d'approcher.

Madame Qiu, la quarantaine sexy, se tenait posée en biais sur la banquette, ses jambes minces mises en valeur par une jupe serrée fendue sur le côté ; son visage aux pommettes hautes était harmonieux, du type mongol fréquent chez les Chinois du Nord. Line remarqua sa poitrine refaite, mise en valeur par un décolleté plongeant et un collier de perles. Elle avait dû être mannequin autrefois, mais les rides encadraient sa bouche et durcissaient ses traits. Elle fit signe à Line de s'asseoir, une longue cigarette électronique entre les doigts.

« On avait dit 11 heures. » Elle désignait son portable en expirant un filet de vapeur.

« *Vous* avez dit 11 heures, dit Line. Pour ma part, je n'ai aucune obligation.

— Bien sûr. »

Lèvres pincées, elle regardait attentivement la jeune femme.

« Tu es belle, très belle. Tu es française aussi. Parisienne. Arrogante comme si tout t'était dû. *Anyway* – elle chassa un moucheron imaginaire –, tu seras bien, ici. Il y a tout ce qu'il faut pour s'occuper intelligemment.

— Et Brad ?

— Tu veux dire Charles. C'est un ami de longue date. Il est reparti à Hongkong mais il sera de retour dans trois jours. Il te donne le bonjour. »

Autour d'elles, des jeunes femmes déambulaient, seules ou en petits groupes, s'arrêtaient devant les vitrines de marque, pour admirer un sac en cuir ou un vêtement haute couture ; les commentaires se mêlaient aux rires aigus, en écho à la musique diffusée en continu. Du côté de l'entrée principale, des éclats de voix résonnaient et Line aperçut des hommes d'affaires qui se congratulaient sous un lustre géant en tirant de petites valises. Madame Qiu pianotait sur son portable.

« Qu'est-ce que je fais là ? » Le mandarin appliqué cachait mal son inquiétude. L'autre femme leva à peine les yeux, replongea dans ses messages.

« Eh bien, tu prends du bon temps – un sourire complice. Tout est à ta disposition, ici. » Elle sortit d'une pochette en cuir un badge qu'elle glissa sur la table.

« Qu'est-ce que c'est ?

— Ton pass. Avec ça, tu as accès aux restaurants, aux salons de beauté, aux salles de sport. N'abuse pas des bars. Il y a même un cinéma qui propose une belle programmation. Les dernières sorties américaines et chinoises.

— Et si je veux bouger ? Retourner à Pudong ? J'ai des affaires, là-bas. »

Le dernier mot comme un cri étranglé. Madame Qiu reprit une bouffée de cigarette électrique.

« Ce n'est pas au programme », dit-elle d'un ton qui se voulait sans réplique. Elle fit un effort pour paraître rassurante mais elle gardait des inflexions sèches.

« La ville a beaucoup changé depuis quelques années. Des milliers de pauvres hères débarquent chaque jour pour prendre part au rêve de Shanghai. C'est devenu un véritable coupe-gorge dehors. Tu seras mieux ici. »

Elle se leva, défroissa sa robe, se déhancha avec élégance. Près de la voiture de sport, un concessionnaire la dévorait des yeux.

« La résidence est sécurisée et il faut un badge spécial pour sortir – elle la fixa intensément. Si l'envie te prenait quand même, le reste du quartier est encore en chantier. Il n'y a pas de réseau de taxis. »

Elle se leva, se pencha vers Line, lui posant une main aux ongles écarlates sur l'épaule.

« Tu devrais commencer par déjeuner. Il y a un excellent thaï à l'entrée. Et même une brasserie parisienne dans le jardin d'hiver.

— Et pour Brad ? Pour l'agence de mannequins ?

— Il y aura un dîner important dans trois jours. Charles te présentera les bonnes personnes – elle changea de pose. Je repasse ce soir. On étudiera ta garde-robe. »

Elle lui fit un petit signe de la main et s'éloigna. Le concessionnaire rayonnait de bonheur en la voyant frôler son coupé sport.

Vincent et Marie-Paule regardaient Dao, allongée derrière la vitre, petite momie brune couverte de tuyaux de plastique translucide. La BAC en patrouille l'avait découverte vers minuit, allongée sur un trottoir à l'entrée d'une impasse, à deux cents mètres du studio de Vincent. Un interne s'approcha, une tablette à la main, les salua.

« Elle est en réanimation. Ça devrait aller.

— Pourquoi tous ces tuyaux ? demanda Vincent.

— Elle est sous respiration artificielle, on a dû l'intuber. Elle était complètement déshydratée. Ça va vite, à cet âge-là. »

L'interne consulta rapidement le dossier.

« Elle reste aux urgences pour la nuit. Vous pourrez lui parler, mais pas avant un ou deux jours. On la place en observation. »

Il s'apprêtait à partir, se retourna vers eux.

« J'ai lu le rapport du docteur Korman. On fera tout ce qu'il faut, soyez sans crainte. On a l'habitude. »

Ils restèrent immobiles face à la vitre, guettant la respiration insignifiante de Dao. En superposition Vincent voyait leurs reflets, le visage de Marie-Paule, déformé par la légère distorsion du verre Sécurit. Il effleura sa main.

« Qu'est-ce qu'on va faire ? dit-il dans un murmure.

— Je ne sais pas. Tout m'échappe. L'incendie, Dao, ton avenir.

— Ne t'en fais pas. Mais moi aussi, tout m'échappe. »

Elle se tourna vers lui. A travers son profil, beau et solide, son regard si dur à cet instant, elle revit le petit garçon éclatant de rire sur une balançoire du parc de Belleville. Elle était bouleversée. Elle serra sa main, ébaucha un sourire aussitôt évanoui. Vincent regardait devant lui.

« J'ai rencontré quelqu'un. Mais c'est déjà fini avant d'avoir commencé.

— Comment ça ?

— Le pire, c'est que je ne peux même pas savoir si c'est fini.

— Parle-lui. Mets les choses au clair.

— Impossible. Elle a disparu.

— Disparu ? – elle hésita. Si c'est grave, essaie de contacter ses parents. »

Il se concentrait sur Dao mais ses mâchoires étaient crispées.

« Son père n'est même pas foutu de la retrouver – il grimaça. Monsieur Je-sais-tout-à-Belleville ne sait rien. En fait, je crois qu'il s'en fout.

— Je ne comprends pas. Il ne sait rien de quoi ? »

Vincent semblait bouillir de l'intérieur.

« Monsieur Li, ça te dit quelque chose, j'imagine ? – il scrutait sa réaction. Tout le monde le connaît, à Belleville. C'est sa grande fierté. Des conneries. »

Il y eut un long silence, marqué par le bruit assourdi des Doppler qui clignotaient autour de Dao. Elle, au moins, avait l'air sereine.

« Je vais y aller, Vincent. J'ai rendez-vous avec l'assurance, demain matin.

— Tu ne veux pas plutôt qu'on... »

Marie-Paule poussait déjà la porte coupe-feu, disparaissait dans le chuintement des battants refermés. Vincent haussa les épaules, reprit sa méditation devant la vitre.

Dehors, Marie-Paule pressait le pas, allumait une cigarette. Avec ses yeux pâles, ses cheveux éclairés par les néons de l'accueil, elle ressemblait à un fantôme en fuite.

A la fin de la matinée suivante, Line avait fait le tour de la résidence. Elle avait fouillé dans le dressing, fini par trouver une tenue de jogging, un sweat-shirt à capuche et une paire de baskets. Elle ne supportait plus cet étalage de robes sexy et tape-à-l'œil, avait fermement éconduit madame Qiu la veille, qui apportait d'autres tenues de soirée. Ce matin, la température avait chuté et une pluie fine donnait à la résidence des allures de camp de surveillance, malgré les vitrines de luxe et l'obsédante musique d'aéroport. Elle avait longé la pelouse cernée de grillages qui donnait sur le fleuve, observé les allées et venues des jeunes résidentes qui tendaient leur badge à un gardien en faction devant la grille, avant de s'engouffrer dans des limousines luxueuses. Plus tard, elle avait franchi les portes d'une salle de remise en forme dont les baies donnaient sur d'autres échoppes. A la vue d'un groupe de femmes qui gloussaient dans un jacuzzi démesuré, elle avait trouvé refuge à l'autre bout de la salle, couru pendant une heure sur un tapis de course, écouteurs aux oreilles, concentrée sur l'effort, isolée volontaire d'un monde baignant dans la béatitude et la prospérité.

Dans l'après-midi, elle déambula au milieu des allées, essayant de trouver des réponses à ses questions, et un moyen de sortir de ce qui ressemblait de plus en plus à une impasse fortifiée. Elle repéra une longue vitrine où étaient exposées des toiles de maîtres modernes, un De Chirico, deux Matisse, un Yves Klein lumineux. Mais ce qui frappait l'imagination, c'était une toile magistrale de Yue Minjun, un peintre chinois contemporain, célèbre pour sa vision iconoclaste sur ses compatriotes. La toile représentait six hommes en tee-shirt accroupis dans une barque, rictus hilares barrant des visages radieux. Cette vision grotesque et ironique d'un nouveau monde la fit sourire et elle resta hypnotisée devant l'œuvre : au moins, cet artiste ne semblait pas dupe de la course extatique au consumérisme qui régnait à Shanghai.

« Vous avez l'air d'apprécier Yue Minjun, c'est rare. Vous n'êtes pas d'ici. » Le vieil homme, un Occidental élégant, lui avait parlé en mandarin mais elle avait noté son accent. Sur le pas de la porte, il la dévisageait, elle lui rendit son sourire, répondit en français.

« Je viens d'arriver ici, mais je suis à Shanghai depuis trois semaines.

— Qu'est-ce qui vous amène dans cette banlieue lointaine ? » dit-il toujours avec un sourire bienveillant. Elle hésita, gênée.

« Je suis stagiaire. La finance internationale.

— Il n'y a pas beaucoup de banques, par ici, dit-il en souriant. Mais des banquiers, oui.

— Et vous, vous faites quoi ? »

Elle avait rougi devant l'allusion à peine voilée. Il referma la porte, montra d'un geste la galerie marchande.

« Je vous invite à prendre un thé, c'est l'heure. Vous me raconterez. »

Ils se dirigèrent vers l'atrium, où quelques personnes saluèrent le vieil homme.

« Je m'appelle Pierre Leroy. Galeriste d'art moderne et contemporain. Expatrié à Shanghai depuis... – il réfléchit –, ça va faire vingt-cinq ans. J'ai profité du boom immobilier, de l'explosion du marché en Chine. Je suis arrivé au bon moment... et je ne suis plus reparti. »

Ils approchaient du bar aux néons, mais le galeriste la prit par le bras.

« Allons plutôt à la brasserie parisienne, nous serons plus tranquilles. » Il lui sourit en clignant de l'œil et elle comprit qu'il n'était dupe de rien, encore moins de l'endroit où ils se trouvaient. Il continua de se raconter.

« Je fais des allers-retours à Paris, où j'ai gardé des associés. Il faut toujours préserver quelques attaches avec le pays. Mais je me demande si ces voyages sont encore de mon âge – il chuchota avec malice. Je pourrais être votre grand-père. »

Ils entrèrent dans une salle aux lustres tamisés, calquée sur le modèle des vieilles brasseries Rive Gauche, en plus clinquant. Il leva un bras vers le comptoir, lui tendit les menus. Au fond de la salle, un homme d'affaires riait bruyamment avec deux filles en mini-jupe et bustier échancré.

« Que fait une jolie Française dans ces lieux de perdition ? dit-il avec toujours la même pointe d'ironie. Dites-moi tout. N'ayez aucune crainte, je suis homosexuel. »

Alors elle se confia, précise, avec une lueur d'appréhension sur la teneur de ses confidences. La soirée avec Brad, le malaise puis le trou noir, le réveil confus, la résidence inconnue, la surveillance insidieuse de madame Qiu. Il buvait son thé à petites gorgées, l'interrompit un instant.

« Votre Brad, vous êtes sûre qu'il est dans la mode ?

— C'est ce qu'il prétend. Il investit beaucoup. L'immobilier, l'art, le luxe. Ça a l'air... important. »

A mesure qu'elle s'épanchait, elle se rendait compte avec dépit de sa propre crédulité. Pierre Leroy ne la jugeait pas, il l'écoutait, concentré. Il s'éclaircit la voix, l'interrompit à nouveau.

« Vous avez entendu parler des *ernai*, j'imagine ?

— Je ne vois pas le rapport avec ce qui... »

Elle s'interrompit, sentant monter un malaise à mesure que le voile de la réalité se déchirait. Le vieux galeriste s'était penché vers elle. Au comptoir un serveur les observait en essuyant des verres.

« Je vais être franc avec vous, chère Line. *Ernai* signifie "seconde épouse" en mandarin, un doux euphémisme dans le monde des affaires chinois. Appelez ça maîtresse, concubine, jeune beauté entretenue. *Call girl.* C'est la même chose. »

Le malaise continuait de monter.

« Je connais beaucoup de monde ici – depuis le temps. J'ai des relations courtoises dans tous les secteurs. Le succès de mes galeries s'appuie sur ce principe. »

Le galeriste lui sourit pour la rassurer mais ses propos étaient sans équivoque.

« Mes clients sont des hommes riches, très riches. Ils cultivent les signes de réussite comme des trophées. Y compris les jeunes maîtresses. »

Line l'écoutait, le visage défait.

« Ça passe par des cadeaux, de jolies robes, des studios confortables – il désigna la galerie marchande de l'autre côté de la fenêtre. Mais cette cage dorée reste une cage. Vous me suivez ? »

Elle ne répondait rien, il enfonça le clou.

« Votre Charles "Brad" Yu, jamais entendu parler dans le monde de l'art, encore moins dans celui de la mode.

— Et l'agence de mannequins ? Il doit la monter bientôt », dit-elle d'une voix blanche.

Elle semblait paralysée.

« Scénario classique. Grossier mais classique. Ecoutez-moi bien. »

Le serveur approcha, le galeriste régla l'addition et reprit son monologue.

« Le seul Charles Yu que je connaisse est le fils d'un riche armateur – il fit un geste –, sur l'île en face. Il possède la première flotte de porte-conteneurs de la région. Le fils a reprit la succession il y a cinq ans.

— Je ne comprends pas.

— Charles Yu doit s'ennuyer ferme à brasser des millions de yuans. Les conteneurs de pièces détachées, ce n'est pas très *glamour*. Vous comprenez ?

— Je crois, oui. » Line avait saisi l'allusion et elle était effondrée.

« Charles Yu a une sale réputation à Shanghai. Impitoyable dans les affaires, brutal – plus bas –, en particulier avec les femmes. »

Elle tenta de chasser de son esprit le visage de Brad grimaçant au-dessus d'elle.

« La famille, richissime, est originaire de Hongkong. Des rumeurs persistantes les lient aux Triades. La mafia, si vous préférez. »

Elle revit aussitôt le tatouage, la queue de scorpion dépassant du bracelet-montre. Elle paniquait. Elle fit un effort considérable pour rester stoïque mais ses yeux la trahissaient.

« Qu'est-ce que je vais faire ?

— Vous vous êtes mise dans un beau guêpier – il soupira. Il va falloir en sortir sans réveiller les frelons. »

Le serveur revint pour relancer la commande, Pierre Leroy le congédia et se leva. Line le suivait, complètement perdue. A mesure qu'ils se rapprochaient de la galerie, elle n'avait qu'un souhait : rester avec lui et que tout cela finisse au plus vite. Devant la porte, il lui fit un sourire rassurant, un sourire de bon père de famille.

« Ne perdons pas de temps. Vous allez retourner dans vos appartements, réunir le strict nécessaire, prendre une bonne douche pour vous détendre. Retrouvons-nous à la galerie pour la fermeture. Dans deux heures. Vous y resterez pour la nuit, j'y ai un canapé d'appoint. »

Il prit le bras de la jeune fille, pressa son poignet dans un geste apaisant. Il la regardait avec malice.

« Cette épreuve va vous faire gagner en maturité, ma chère. Et moi en jeunesse : nous allons organiser votre exfiltration. »

19

Il avait faim. Sous ses paupières closes frémissait une escalope à la crème, arrosée d'un calvados dont l'odeur excitait ses narines. Il n'était pas 19 heures et Daniel Lefèvre, commissaire divisionnaire affecté à la Préfecture de Paris, avait faim. Il regarda sa montre et décrocha le téléphone.

« Lieutenante Benoit ? Lefèvre. Je ne vous dérange pas ? Comment ça va, à Belleville ?

— C'est calme. C'est toujours comme ça, fin juillet.

— Et sur l'enquête relative à monsieur Li ?

— Ça avance. On n'a pas grand-chose mais on poursuit. On n'est pas surchargé.

— Mais encore ? »

Anaïs Benoit avait noté le changement de ton. Elle tâcha d'être plus précise.

« On a retrouvé un dépôt de plainte le concernant – elle remit des paperasses en ordre. Ça ne date pas d'hier, mais avec l'informatisation des données, plus rien ne se perd.

— C'est-à-dire ?

— Voies de fait sur son employeur. Trois mois avant l'accident. Le 17 avril 1991, pour être exacte.

— Quel accident ? »

Le ton semblait tourner à l'interrogatoire, elle resta prudemment sur le registre judiciaire.

« Le dénommé Hang Chêne, restaurateur à Belleville, a été victime d'un accident de la circulation. Juillet 91. Mort sur le coup.

— Quel rapport avec monsieur Li ?

— A l'époque, des témoins ont signalé un délit de fuite. La voiture et le chauffard n'ont jamais été identifiés.

— Quel rapport avec monsieur Li ? »

La jeune femme se redressa, chercha dans ses dossiers. Elle entendait dans le combiné le souffle court de Lefèvre. Un souffle de gros mangeur.

« Un faisceau d'éléments me fait penser qu'il y a peut-être un lien. Les rapports entre monsieur Li et son employeur paraissaient houleux. » Dans le haut-parleur, la respiration l'incitait à développer.

« Et peut-être aussi quelque chose à voir avec l'incendie de la place de l'Atlas. Le restaurant en question est tenu par la veuve de Hang Chêne – elle n'arrivait pas à faire la synthèse des événements. Nous avons de forts soupçons sur le neveu de Li, un dénommé…

— Vous n'êtes pas sérieuse ? »

La voix siffla comme un avertissement. Elle continua.

« Comme vous le savez peut-être, monsieur Li possède de nombreuses sociétés. Dont des parts dans Immo 93, la boîte de son neveu.

— J'ai eu un coup de fil de son avocat – il haletait.

— Pardon ? »

Lefèvre respirait toujours aussi fort. Elle se demanda un instant s'il n'allait pas s'écrouler à l'autre bout du fil.

« Ecoutez, Benoit. Vous allez lever le pied sur cette affaire.

— Je ne comprends pas.

— C'est pourtant clair. Vous mêlez des faits éloignés de vingt ans, sans aucune corrélation – voix essoufflée. On ne lance pas une enquête sur des hypothèses fantaisistes.

— C'est parce que les faits sont éloignés que c'est difficile à relier. Il me faut...

— Je vais être encore plus clair. Monsieur Li est un gros employeur, à Paris et à Aubervilliers. Quelqu'un de bien. Irréprochable. Il a ses entrées au Conseil régional, en mairie, à la Préfecture. Il s'est plaint en haut lieu.

— ...

— On nous demande de classer l'affaire – il appuya sur la fin sa phrase. Qui n'en est pas une, au demeurant.

— Je comprends mais...

— Ecoutez, Benoit – il l'avait coupée, à nouveau. Vous faites bien votre boulot à Belleville. Mais vous êtes une novice – le mot siffla. Six mois d'encadrement, c'est le tout début de votre carrière. C'est peu. C'est fragile. Ne foutez pas tout en l'air. D'autres se bousculent au portillon. On s'est compris ou je continue ? »

Elle regardait devant elle, son bureau impeccable, la fontaine à eau, la lumière tamisée au-dehors, entendait les rires et l'agitation derrière les cloisons. Elle n'avait pas envie de tout foutre en l'air. Elle coupa le haut-parleur, reprit le combiné.

« C'est très clair, commissaire. »

Il était presque minuit quand l'interne de garde les guida vers la chambre de Dao.

« Désolé, il y a eu des complications. Je vous conseille de la ménager – un sourire rassurant. Elle reste en observation jusqu'à nouvel ordre. »

Dans la pénombre de la chambre, seule une veilleuse éclairait la silhouette reliée à une perfusion sur pied.

« Comment ça va, Dao ? »

Yeux clos dans un visage de parchemin, elle semblait encore avoir rapetissé. Vincent pensa une seconde qu'elle était morte. Il chuchota dans le silence.

« C'est nous. Est-ce que tu vas mieux ? »

Une respiration, à peine perceptible. Puis une longue expiration.

« Je te laisse, Hang, murmura-t-elle. J'ai à faire. Je reviens tout de suite. »

Elle ouvrit les yeux, tourna la tête sur le côté, là où se tenaient serrés Marie-Paule et Vincent. Elle semblait regarder à travers eux, comme s'ils étaient invisibles. Soudain, elle sursauta.

« Qu'est-ce que tu fais là ? Tu devais m'attendre là-haut.

— C'est moi, Dao. C'est Vincent.

— Vincent ?

— Ne t'inquiète pas, c'est moi. Ça va aller.

— Qu'est-ce que tu as encore trafiqué ? »

Un bruit s'échappa de sa gorge, une lente éructation sifflante. Vincent prit le minuscule poignet dans sa main en répétant : « Ça va aller, Dao. Ça va aller. » Elle le laissait faire mais son regard s'échappait vers Marie-Paule, pétrifiée.

« C'est qui, celle-là ? »

Vincent sentait le bras se tordre, il s'efforça de résister sans lui faire de mal. Marie-Paule avança sa main et Dao détourna la tête. Entre les phrases incohérentes, elle grognait en sourdine.

« Ne t'inquiète pas, c'est Marie-Paule, dit Vincent.

— Qu'est-ce qu'elle fout là ?

— Marie-Paule. La femme de Hang. »

Dao s'agitait de plus en plus et Vincent éprouvait la force considérable qui se dégageait de ce corps minuscule. Puis elle se relâcha, s'enfonça dans l'oreiller.

« C'est la salope. »

Sa voix était faible mais plus aiguë. Marie-Paule blêmit sans rien dire, recula. Vincent se pencha vers Dao, la suppliant de se calmer. « Tout va bien, Dao. Tout va bien.

— La salope la salope la salope.

— Qu'est-ce que tu racontes ? »

Marie-Paule avait reculé dans la pénombre et Dao, hors d'elle, la désignait de son bras libre.

« C'est celle qui couche. La salope. Traînée ! Putain !

— Mon Dieu », murmura Marie-Paule, et elle se précipita hors de la chambre.

Vincent sentait la panique monter, un sentiment de catastrophe l'envahir. Il eut envie de faire taire Dao, de plaquer sa main sur sa bouche, de serrer sa gorge. De serrer très fort. Une seconde fulgurante. Il se reprit, se pencha contre son visage. Elle avait l'air terrorisée.

« Le malheur. Je l'ai vu sur elle – elle crissait des dents. Il l'embrassait dans la cuisine. Il était sur elle. Le malheur chinois. »

La porte s'ouvrit sur l'interne, suivi d'une infirmière.

« Laissez-nous faire, dit-il. Elle est en crise. Ça va passer. »

L'infirmière réajustait l'oreiller, l'interne vérifiait les pulsations sur le Doppler. Il eut un petit haussement d'épaule désolé.

« Ne vous inquiétez pas. Il vaut mieux partir, maintenant. On vous tient au courant. »

Adossée à la cloison au bout du couloir, Marie-Paule faisait tourner une cigarette entre ses doigts. Les yeux rougis, elle leva la tête vers Vincent. Les néons du plafonnier tiraient des ombres sur son visage, elle paraissait dix ans de plus.

« Qu'est-ce qui s'est passé ? dit Vincent. Avec monsieur Li ? »

Elle n'arrivait pas à soutenir son regard. Une vieille femme désespérée et meurtrie.

« Je ne veux pas en parler. Pas maintenant. »

Elle s'éloigna, voûtée, bras ballants. Il la regarda disparaître par intermittences derrière les portes à battants de la clinique.

« Tu ne peux pas aller plus vite ?

— On y est dans cinq minutes. »

Le scooter pétaradait dans les rues silencieuses et Karim grilla un feu rouge en ralentissant à peine, Vincent arc-bouté contre lui. Au début de la rue de Turenne, il vit un clochard allongé sur des cartons devant une banque. Assis à ses côtés, un homme lui parlait avec bienveillance. Au bruit du moteur, il se retourna et Vincent chassa la vision fugitive de Hang le regardant passer avec un sourire ironique. Au loin, il distinguait l'enseigne éteinte du Royal Mandarin.

« On attend quoi ?

— Qu'il y ait moins de monde. »

Le 4 × 4 était garé à vingt mètres du restaurant, devant une benne de chantier qui le dissimulait de la chaussée. Au volant, Yan fumait en surveillant la rue ; quelques rares voitures passaient encore, un couple d'amoureux s'éloignait dans la direction opposée. Sur la banquette arrière du Cayenne, les deux frères en costume bavardaient à voix basse.

« Ecarte ça de mes chaussures. Ça pue l'essence, ton truc.

— Moi j'aime bien. Mais je préfère quand ça crame, dit l'autre, en réajustant le chiffon qui dépassait de la bouteille.

— Je t'avais dit de tout ranger dans le coffre, coupa Yan en poussant la ventilation. T'es vraiment bon à rien. »

Un scooter les dépassa, ralentit en cahotant et Vincent sauta juste devant la façade du restaurant. Le scooter poursuivit sa course à faible allure, disparut à un carrefour. Yan éjecta son mégot par la vitre entrouverte, les deux sbires penchés contre le siège avant.

« Qu'est-ce qu'il fout là encore ? dit Yan sans bouger.

— Tu crois qu'il est venu pour la même chose que nous ?

— Dis pas de conneries, il a pas les couilles pour ça – un silence. On va faire d'une pierre deux coups. Si vous assurez, on pourra même lui faire porter le chapeau. »

Vincent faisait les cent pas devant le restaurant fermé. Il avança dans la ruelle adjacente, aperçut la lueur d'un ordinateur à travers les rideaux. Il revint sur ses pas, secoua violemment les grilles de la porte d'entrée, recula. Ses mains en porte-voix, il hurla « Li ! Sors de là, tu m'entends ! » et la colère décuplait son énergie. Il hurla à nouveau. Quand il se retourna, les deux sbires lui faisaient face. Le premier lança « On va niquer ta race », le second s'avança.

Vincent battit en retraite contre la grille, heurta une poubelle, la projeta avec fureur. Le premier acolyte se ruait déjà sur lui, Vincent pivota sur son pied d'appui, frappa en fouet avec l'autre jambe et l'homme s'écroula, touché en pleine face.

Il y eut un bruit sec. L'autre type avait déplié une matraque télescopique et il dansait lentement sur ses jambes. Au volant du 4 × 4, Yan eut un petit rire et alluma les phares. Dans le faisceau, deux silhouettes se faisaient face, la troisième remuait sur le sol en vociférant.

« Défonce-le, ce fils de pute ! »

La tige d'acier siffla sous le nez de Vincent, il recula, tenta un coup de pied, le sifflement redoubla et la douleur éclata sur sa cuisse. Il s'effondra. Derrière le pare-brise, Yan actionnait les pleins phares, volume de la sono à fond. La *Chevauchée des Walkyries* résonna dans toute la rue, vacarme infernal rebondissant sur les façades. Le premier sbire regarda dans les phares et leva sa matraque.

Un long hurlement couvrit un instant la musique. Dans un nuage de fumée bleue, Karim filait droit sur le 4 × 4, le Taser de poche crépitant au bout de son bras. Dans la lueur des phares, Yan vit l'énergumène approcher en pétaradant. Il démarra, déboîta rageusement et fonça sur le scooter. Impact sourd, tôle contre tôle. Le corps de Karim rebondit sur le pare-brise, roula par-dessus le toit. Le 4 × 4 poursuivit sa route, pila un peu plus loin, Yan siffla, les deux sbires se précipitèrent à l'arrière et il redémarra en trombe.

Vincent était penché sur Karim, qui se tordait par terre.

« Tu vas bien ?

— J'ai connu mieux. Mais j'ai connu pire.

— Désolé pour le scooter.

— T'imagines, si j'avais traversé le pare-brise ?

— Tu serais obligé de leur tenir le crachoir.

— Me fais pas rire. Je crois que j'ai une côte cassée. »

Vincent l'aida à se relever. Ils s'éloignèrent en boitillant, accrochés l'un à l'autre.

« On tente le dernier métro ou on rentre à pied ? »

A une fenêtre du troisième étage, au-dessus du restaurant, un voilage frémit, s'écarta.

« Je ne les comprends pas, dit doucement monsieur Li.

— Comment ça ? » Madame Li s'était approchée de son épaule.

« Ces mômes. Yan. Ce jeune métis. Même Line a changé – un profond soupir. Ils n'ont aucune idée de la valeur des choses. Des sacrifices consentis pour les obtenir. Du prix à payer pour s'en sortir. Ils veulent tout, tout de suite.

— Tu dramatises.

— Ils sont incontrôlables. Regarde, encore ce soir.

— Ça va s'arranger.

— Je ne crois pas. C'est allé trop loin. Marie-Paule. Il faut que je lui parle.

— Alors, ça va recommencer ?

— Non. Je veux juste arranger les choses. Si c'est encore possible. »

20

Line avait dormi dans l'arrière-salle de la galerie, après un passage furtif au studio pour récupérer un sweat-shirt et ses baskets, le petit sac à chaînette, son passeport, un gilet. Comme convenu, Pierre Leroy la retrouva à 8 heures du matin, la salua avec un sourire pressé, boucla la porte et lui donna le bras. La résidence était déserte, seuls des agents d'entretien s'activaient à faire reluire les marbres, les dorures, les vitrines des boutiques de luxe.

Sur le trajet, Line lui fit part du message de Brad reçu à 2 heures du matin, un texto annonçant son arrivée anticipée, le soir même, à Shanghai. « Nous dînerons sur le Bund. Tendresses. » Elle avait répondu par un laconique « Très bien, à ce soir » que le galeriste approuva tandis qu'ils s'engageaient sur l'allée menant à la grille de sortie. Ils approchaient de la guérite quand le portable de Line gazouilla. Un message de madame Qiu s'affichait. « Rendez-vous à midi pour faire le point. Brasserie parisienne. »

« Ne vous encombrez pas de mauvais souvenirs, dit Pierre Leroy. Donnez-moi cet engin. » Il le fourra dans sa poche et serra le bras de Line. A trente mètres, le gardien en uniforme assis derrière un guichet les observait.

« Restez naturelle – il sourit à nouveau. Faites comme si j'étais un bon client. »

Une silhouette apparut derrière le grillage, le planton se précipita dehors, deux trois mots éclatèrent dans le silence du matin, un homme en costume franchit la porte à claire-voie. Line reconnut aussitôt la silhouette imposante de Zhen, identique à celle de son père. Elle pâlit.

« Comment a-t-il fait pour entrer ?

— Dans ce sens-là, c'est très facile, dit le galeriste.

— Et pour moi ? Le gardien ?

— Il saura fermer les yeux. Votre oncle est quelqu'un d'important, ici. Je l'ai prévenu dès hier soir. Il vous emmène à l'aéroport. Un vol direct pour Paris. »

L'oncle de Line les attendait devant la guérite. Il les salua en hochant la tête, sans un mot pour sa nièce, referma la porte sur leurs pas. Devant eux, le fleuve se perdait dans une brume de chaleur matinale, d'où émergeaient à peine les docks de l'île en face. En contrebas, un chauffeur aux allures de garde du corps patientait devant une Mercedes aux vitres fumées. Zhen s'engouffrait déjà à l'avant.

« Je sais ce que je vous dois, dit Line en se tournant vers le vieux galeriste.

— Ne dites pas de bêtises – il lui tendit la main. Et faites-moi signe quand vous arrivez.

— Encore merci. » Elle garda sa main dans la sienne, ils se rapprochèrent pour une accolade timide.

« Je vous appelle quand je viens à Paris. Vous m'inviterez à déjeuner. »

Il la laissa prendre place à l'arrière, regarda la voiture disparaître à l'angle de la contre-allée, dans les rumeurs automobiles et la brume polluée de Shanghai. Un vol de cormorans passa devant ses yeux, en route vers le large. Il s'éloigna à petits pas le long de la berge, les mains derrière le dos, tel un vieux sage occidental.

Marie-Paule avait coupé à travers le parc pour remonter la rue du côté ombre. L'air était chaud, le temps virait à l'orage. Elle s'était maquillée discrètement, avait revêtu une robe d'été légère mais sobre. Devant le miroir d'un traiteur, elle s'arrêta une seconde pour vérifier sa coiffure, se demanda pourquoi elle avait accepté ce rendez-vous. Quand elle l'avait entendu au téléphone dire « Tu veux déjeuner avec moi ? Il faut qu'on parle », elle avait simplement répondu « oui », sans poser de questions.

Elle arriva devant la terrasse de l'Alisé, après le coup de feu du midi. C'était un restaurant de nouvelle cuisine assez ordinaire mais la vue qu'il offrait sur le Sacré-Cœur depuis les Buttes-Chaumont était imprenable. Li était assis, sous l'auvent en terrasse, il leva le bras et elle eut un pincement à l'estomac. Costume croisé, allure imposante, regard impassible, tempes déjà grisonnantes : un véritable homme d'affaires. Elle hésita à tendre la main, il inclina la tête et lui fit signe de s'asseoir. Il y eut un silence gêné. « Désolé pour l'horaire mais j'avais un rendez-vous urgent. »

Embarrassée, elle prit la carte, s'y plongea. Il la regardait, finit par sourire.

« Depuis le temps…

— Oui. Plus de vingt ans.

— Tant que ça ? »

Elle répondit par un hochement de tête ironique.

« Tu n'as pas changé, dit-il sans la quitter des yeux.

— C'est gentil mais c'est un mensonge.

— Tu crois ?

— J'en suis certaine. »

Il plissa le regard, eut un rire bref, la glace était rompue.

« Tu sais, Marie-Paule… »

Il hésitait, plus grave.

« J'ai failli t'appeler plusieurs fois – une nouvelle hésitation. Je passe souvent devant le Dragon Céleste.

— Forcément.

— Je t'ai même croisée. De loin. En voiture.

— Belleville est tout petit. »

La gêne s'installait à nouveau, en même temps qu'elle se souvenait l'avoir aperçu, lui aussi, plusieurs fois. Elle avait tout fait pour l'éviter.

« Tu voulais me voir. »

Il reprit son masque imperturbable et pragmatique.

« Tu sais que je brasse beaucoup de choses, à Paris comme ailleurs.

— J'en ai entendu parler – un léger sourire. Bien sûr.

— Pas mal d'investissements, dont l'immobilier. »

Cette fois il abordait la vraie raison de son appel et elle ressentit un nouveau pincement à la poitrine. Elle se demanda un instant où était passé le jeune commis de cuisine derrière ce visage qui se voulait calme et ferme à la fois.

« Le restaurant. J'ai su pour tes soucis. L'incendie.

— Un sale moment, oui – elle se durcit. Je suis encore dans les démarches administratives.

— J'ai appris aussi que tu avais été approchée – un silence. Une offre… peu convenable.

— On peut parler d'escroquerie.

— C'est juste. »

Il savait qu'il ne fallait pas s'éterniser sur le terrain des récriminations. Il alla droit au but.

« Ce qu'on t'a proposé. Ça vaut le double.

— Pardon ?

— Je connais le marché. 300 "K" euros.

— …

— Trois cent mille euros – plus bas –, si tu préfères.

— Xiao… »

Il cilla en entendant son prénom, se força à garder le masque. Il retrouvait ces yeux clairs, leur intensité qui le troublait toujours, mais avec une dureté qu'il ne soupçonnait pas. Elle ne lâchait plus son regard.

« Comment sais-tu ?

— Pardon ?

— Pour la somme. Ce qu'on m'a proposé. »

Il avait voulu aller trop vite et il venait de perdre pied. Il inspira longuement, tentant de retrouver une contenance.

« C'est un milieu pas toujours très clair – il s'embrouillait. Avec des gens pas toujours très propres.

— Tu veux dire ceux qui foutent le feu pour racheter une bouchée de pain ce qu'on met vingt ans à tenir à flot ?

— Ecoute, Marie-Paule...

— Tu connais ces salopards ?

— Ceux qui ont fait ça... je n'ai pas de preuves, tout au plus des soupçons – il tentait désespérément de biaiser. C'est un petit milieu. Tout se sait très vite. »

Il ne pouvait pas aller plus loin. Les affaires de famille se réglaient en famille. Mais il devait rester un homme d'affaires crédible. Et inflexible.

« Si c'est avéré, ils paieront, dit-il à voix basse. Je ne peux pas t'en dire plus.

— Pourquoi tu fais ça ?

— Pardon ?

— Pourquoi cette proposition ? »

Elle continuait de le fixer mais son regard semblait passer à travers lui. Il essaya d'être sincère.

« Tu as eu assez d'ennuis comme ça.

— Qu'est-ce que tu veux dire ? »

Vingt-trois ans après, rien n'avait changé. Il était toujours troublé par sa présence et il s'embrouillait.

« On aurait pu faire quelque chose ensemble. Après Hang – un silence de plomb. J'aurais tout plaqué pour toi.

— Qu'est-ce que tu racontes ? »

Elle restait incrédule devant une telle déclaration. Embarrassante et absurde à la fois. Elle faillit exploser de colère, lui raconter ce qu'avait été sa vie depuis ce jour de juillet 1991. Le coup de fil du commissariat. Le retour de la crèche avec Vincent. Le constat énoncé par un officier de police laconique. La sidération. La reconnaissance du corps à la morgue. Le visage bosselé d'hématomes. Puis l'anéantissement, comme si elle était morte en même temps que Hang. Et le retour à la maison. Seule. Le sourire de Vincent. Le gouffre du soir puis du lendemain. Et du jour suivant. Chaque réveil comme un nouveau cauchemar. Chaque moment comme une chute sans fin. La plongée en apnée dans le travail, du matin au soir, comme une drogue dure. La lente cicatrisation. Parfois les rechutes. La consolidation coûte que coûte, opiniâtre et fragile.

Tout ça était loin, maintenant. Elle avait tenu bon. Elle avait serré les dents. Avec obstination, elle avait construit un mur autour d'elle. Jour après jour. Brique après brique. Un rempart contre d'autres malheurs possibles. Pour elle et pour Vincent. Ce qu'il en restait, c'était ce restaurant.

Alors, ce visage devant elle, cet homme d'affaires inflexible qui venait raviver la douleur avec ses propos de collégien transi, c'était grotesque. Oui, ils avaient eu une liaison, fulgurante comme une poussée de fièvre. Une pulsion comme il en existe parfois dans une vie. Une coucherie d'un soir. Et alors ? Remettre tout en jeu pour ça ? Elle eut une envie soudaine de lui rire au nez, de lui dire ce qu'elle pensait de lui, de son parcours sans défauts apparents, de son combat incessant pour franchir chaque barreau de l'échelle sociale, de sa soif inassouvie de réussite. A quoi bon ? Il avait fait du chemin. Elle était fatiguée. Elle laissa la fureur se débonder. Il la regardait sans comprendre. Ces yeux noyés continuaient de le fasciner. Elle était belle et fragile comme il y a vingt-trois ans, dans ses bras de jeune commis de cuisine.

Elle revint à elle-même. Il attendait un consentement à sa question. La réponse qui ferait tout basculer. Elle continuait de sourire. Elle tenait le cœur du notable Xiao Sheng Li entre ses mains.

« Ne dis pas de bêtises. »

Elle se leva, il la regarda faire sans réagir. Elle se pencha sur la table, comme pour une ultime confidence.

« Je crois que je vais accepter ta proposition, Xiao. »

Il hésita en la voyant prête à partir.

« Tu ne prends rien ?

— Une autre fois peut-être. Revoyons-nous pour la transaction. »

Elle avait atterri à Roissy sur le vol direct de 19 heures, observé avec un serrement de cœur l'Ile-de-France, ses champs, ses routes et ses banlieues se rapprocher derrière le hublot. Quand l'avion libéra les passagers, Line prit sur elle, emprunta un portable à son voisin avec une supplique ravissante dans le regard. Elle envoya, fébrile, « Suis de retour à Paris. Line », hésita une fraction de seconde en souriant – le passager la déshabillait des yeux.

Elle se tourna sur le côté pour ajouter un second message, le symbole universel qui résumait tout : « ♥ »

Elle slaloma vers la sortie, légère et sans bagages. Elle se força à ralentir le pas devant le poste de douane et les agents regardèrent avec attention sa silhouette fine s'évaporer dans la foule en direction des compagnies de taxis.

Rentré directement au studio après l'altercation, Vincent avait plongé dans un sommeil de plomb, saturé d'émotions fortes et d'adrénaline. Réveillé vers midi, il s'était rendu en boitant dans une pharmacie pour acheter une pommade antalgique et calmer la douleur. Puis il avait passé l'après-midi enfermé, stores baissés, à trier sur écran les clichés pris depuis trois semaines. L'absence de Line et les nuits d'insomnie avaient produit une tension qui se retrouvait dans ses photos. Elles étaient plus intenses, plus désespérées, bien plus fortes qu'avant. Il prit le temps de faire une sélection drastique, en garda une douzaine, pas plus. Le travail prenait forme.

La journée touchait à sa fin, c'était le moment de se concentrer sur de nouvelles images, de sortir de lui-même et de fuir un peu sa douleur. Il coupa son portable, quitta le studio en hâte. Dehors, le soleil rasant transformait déjà les ombres en autant de fantômes.

Le taxi l'avait déposé place de la République et elle retrouva avec un soulagement paradoxal l'odeur monoxydée de Paris, son agitation engourdie par la chaleur estivale, le brouhaha de la circulation émoussé par les départs de juillet. Elle hésitait à se rendre directement au restaurant, rue de Turenne, comme le lui avait recommandé Zhen à l'aéroport. Elle n'avait qu'un désir, retrouver celui qu'elle avait quitté trois semaines auparavant. Ses parents pouvaient bien attendre.

Elle remonta les rues qui menaient à Belleville, retrouvant avec une ivresse légère les odeurs familières, les promeneurs désœuvrés, la tiédeur du soleil qui achevait sa course sur les façades des petits commerces. Elle ne s'était jamais sentie aussi bien dans ce quartier qu'elle avait rêvé de quitter depuis l'adolescence. Elle bifurqua à l'angle de la rue Ramponeau, le souffle court, le cœur battant la chamade.

« Yan, regarde ! Elle était pas à Shanghai ? »

Dissimulés derrière les vitres fumées du 4 × 4, garé à cheval sur le trottoir, les trois hommes la regardaient passer à moins de dix mètres. Un litre de whisky entamé à la main, Yan but une gorgée, passa la bouteille à l'arrière.

« Sa carrière de modèle est déjà terminée, dit-il. Ça n'a pas traîné.

— Pourtant elle est toujours aussi canon. »

Yan jeta un coup d'œil mauvais dans le rétroviseur central. L'un des frères donna un coup de coude à l'autre, changea de sujet.

« C'est bizarre. Ça fait une plombe qu'on attend et il est toujours pas revenu.

— Elle a peut-être les clés.

— Dis pas de conneries, toi, coupa Yan. Il est pas là, c'est clair. »

Il tambourinait sur le volant, tendit la main pour récupérer la bouteille.

« A défaut d'avoir le crétin, on va la cueillir, elle – dans un murmure. Comme une rose. »

Quand elle repassa dans l'autre sens cinq minutes plus tard, le 4 × 4 était collé contre le trottoir qui menait à la rue Denoyer. Elle apparut dans le rétroviseur et la porte arrière s'ouvrit brusquement, lui bloquant le passage. Des mains l'agrippèrent, la projetant sur la banquette arrière pendant que le moteur se mettait en marche. La voiture déboîta et s'engagea vers le boulevard. Dans le rétroviseur central, les yeux de Yan souriait.

« Bonsoir, mon petit canard laqué. Tu as fait bon voyage ? »

21

Il s'était engagé sur le boulevard de la Villette. Sous la frondaison des platanes, quelques cageots usagés dégageaient des odeurs de fruits trop mûrs. Des hommes entre deux âges ralentissaient le pas devant des groupes de femmes, plantées devant des commerces fermés. C'étaient des Asiatiques au physique quelconque, portant des robes d'été désuètes, un peu trop courtes, un sac en bandoulière. Des *Dongbei* chassées des usines de Chine du Nord, venues trouver l'infortune sur les trottoirs parisiens. Une femme jeune lui sourit en levant la main. Il s'arrêta, partagea une cigarette avec elle. Il la connaissait, l'avait vue fouiller les poubelles derrière Chez Qiang ; elle prétendait économiser pour ses études. La misère de Belleville masquée sous une allure bon enfant.

Il continua sa route, dépassa la place du Colonel-Fabien, longea le quai de Jemmapes, à l'affût du détail qui accrocherait son regard. Tout était calme, les bruits de la ville étaient ouatés, le soleil couchant faisait miroiter un wagon sur la passerelle du métro aérien. En approchant, il distingua une silhouette de dos, chancelante. Un jeune clochard à cheveux longs pissait contre un abribus, devant une publicité, la photo d'un cabriolet décapotable où un couple éclatait de rire. Le clochard visait alternativement le conducteur puis la fille. Vincent cadra au téléobjectif, shoota au moment où le bas de l'affiche prenait la couleur ambre d'un filtre solaire.

Il fit une pause à l'entrée du quai de la Loire, alluma machinalement son portable. Il avait trois messages de Line. Son cœur bondit en lisant le premier, il resta hypnotisé de longues secondes en découvrant le deuxième. Il allait couper la messagerie quand il vit le troisième : « Ya… mn. .bb. hfb. ùhkl… »

Il resta suspendu un instant. Il se concentra sur le message, regarda les temps d'émission. Les deux premiers vers 19 heures, le troisième une bonne heure plus tard. Il essayait de faire le lien et son cœur accélérait déjà. Les deux premières lettres. « Ya ». Interrompues par le désordre. Comme un dérèglement. Ou un portable coupé. Line était à Paris. Et elle avait croisé le chemin de son cousin.

Par-dessus l'épaule de l'homme qui lui parlait, Anaïs Benoit regardait les derniers rayons de soleil jouant sur les façades de l'île Saint-Louis. Son fiancé était allé la chercher à la fin de son service, avait refusé de dire où il l'emmenait dîner. Le menu était engageant, la vue imprenable et pourtant elle était nerveuse. Ils étaient ensemble depuis neuf mois et, derrière les confidences anodines, la lieutenante devinait les prémices d'une déclaration plus sérieuse. Depuis qu'elle était arrivée au commissariat de Belleville, sa vie avait pris une tournure plus agitée, plus exaltante. Elle ne comptait pas ses heures – elle ne s'en plaignait pas –, les enquêtes absorbaient ses journées – parfois ses nuits –, la routine n'était pas à l'ordre du jour. Elle se perdait dans ses pensées quand le portable vibra. Elle s'excusa d'un regard, décrocha. C'était Yassine, fébrile.

« Désolé de vous déranger, lieutenante, je crois qu'on le tient.

— Bonsoir Yassine. De quoi parlez-vous ?

— Excusez-moi. Vous êtes au courant pour hier soir ? Rue de Turenne.

— Dites-moi.

— J'ai un copain de promotion en stage à la Criminelle. Il est de Belleville aussi. C'est un dingue de belles voitures.

— ...

— Il est chargé d'éplucher la videosurveillance du secteur Paris centre. Délits routiers mais aussi voies de fait, larcins contre les touristes. »

Le stagiaire se perdait dans les détails, la lieutenante s'impatientait.

« Yassine. Vous voulez me dire quoi, au juste ?

— Excusez-moi. Rue de Turenne, il y a une caméra. A deux cents mètres du Royal Mandarin. En plein dans l'axe.

— ...

— Mon pote a repéré une Porsche Cayenne garée à côté. Il adore les Cayenne.

— Oui – elle bouillonnait.

— A minuit vingt, le 4 × 4 a renversé un scooter. Il lui a foncé dessus. Carrément. »

L'homme à table regardait Anaïs Benoit mais elle était ailleurs. La voix de Yassine grésillait dans le portable.

« Et c'est pas tout. Juste avant, il y a eu une baston pile devant le restaurant. Avec les occupants du Cayenne. Et le jeune métis.

— Votre ami... il a identifié le chauffeur ?

— Je ne sais pas. On pourrait obtenir l'extrait vidéo. Mon collègue me garde ça au frais. »

Elle réfléchissait. Face à elle, l'homme, l'air sombre, détaillait la carte des vins.

« Yassine. On en reparle. Il faut que je vous laisse.

— Pas de problème. On a 48 heures. Après, ils détruisent les bandes. On est vendredi soir.

— Sauf s'il y a délit caractérisé – un instant de réflexion. Il nous faudrait une commission rogatoire, de toute façon. »

Elle chercha le regard de son fiancé, lui sourit.

« Vous avez bien fait d'appeler. Yassine...

— Oui.

— Ça vous embête de faire des heures supplémentaires un samedi ?

— Ça dépend pour quoi, évidemment.

— Eplucher l'affaire. Voire où ça mène, ensemble.

— Vu comme ça... aucun problème – sa voix semblait sourire à l'autre bout du combiné.

— On voit tout ça demain. Venez tôt – une douceur dans l'intonation. Bonne soirée, Yassine. Et merci.

— C'est moi. »

Elle raccrocha, regarda celui qui était peut-être l'homme de sa vie, glissa sa main vers la sienne.

« Excuse-moi. Tu disais ? »

« Tu as fait comment, pour la voiture ?

— Je vous ai pas dit ? J'ai eu mon CAP bricolage avec mention très bien. »

Jef poussait brutalement les rapports d'une vieille Peugeot sur le boulevard des Maréchaux, empruntant sans hésiter les voies de bus. Le carrefour de la Chapelle apparaissait déjà et il accéléra pour dépasser le tramway sur sa droite. Sans se retourner, il désigna son sac à dos à l'arrière, à côté de Karim et Vincent.

« Tous mes cours sont là-dedans. La règle métallique cochée, c'est pour les portières. Le pied-de-biche, pour les portes et les embrouilles. La pince coupante, heu... pour le reste.

— On peut t'appeler MacGyver ? » dit Karim en pouffant de rire. Il poussa Vincent du coude.

« Pas trop douloureux, ta côte ? »

Vincent s'accrochait à la poignée latérale, malmené par les embardées du conducteur. Karim grimaçait.

« Tu parles. Faut pas que j'éternue, c'est tout. »

Ils arrivaient déjà sur la zone industrielle d'Aubervilliers quasi déserte et Jef accéléra.

« Vas-y mollo, dit Vincent. Si on arrive vivant, c'est mieux.

— T'inquiète, répondit Jef, concentré sur la route. On y est presque.

— Pas trop tôt. J'allais rendre mon kebab. »

Karim éructa discrètement, se couvrit la tête de sa capuche. Ils approchaient du carrefour, Jef rétrograda dans un grondement sourd, Karim sortit le Taser de sa poche, le fit grésiller.

« Vincent, t'es sûr qu'ils sont là, au moins ?

— J'ai pas d'autre adresse. Tout son business y est, et le hangar, c'est idéal pour faire ce qu'il veut – il se crispa. Y compris le pire.

— L'enfoiré, grogna Jef au volant. On se gare où ? »

Line courait le long de la rue des Pyrénées déserte. Eperdue, le souffle court, elle se retournait souvent puis reprenait sa course. Elle obliqua vers la partie opposée de la chaussée, où les rangées de platanes lui permettaient d'être moins repérable. A cent mètres, elle aperçut les immeubles sans grâce de la place des Fêtes et précipita sa fuite. Les voitures, les passants, la terrasse de café qu'elle dépassait la rassurèrent un peu – Yan ne prendrait aucun risque en public. Elle interpella un taxi, s'engouffra en répétant « Rue de Turenne par République, s'il vous plaît ».

« Vous avez de quoi payer, au moins », grogna le chauffeur en la jaugeant dans son rétroviseur. Elle paraissait paniquée, des mèches collées sur son visage en sueur. Elle sortit d'une poche ce qu'il restait de l'argent confié par

Zhen, lui fourra sous le nez. Dans la descente de la rue de Belleville, elle commença à se calmer, revivant les minutes précédentes comme un cauchemar éveillé.

Après l'enlèvement, tout était allé très vite. Le 4 × 4 avait remonté Belleville à tombeau ouvert. Réduite au silence par les deux frères, Line entendait Yan siffloter un tube qui passait à la radio. Il ricana en ralentissant à peine à un feu. « Je vais te présenter ma nouvelle garçonnière. Tu connais pas. »

Ils passèrent sous un pont métallique, tournèrent dans la cour d'un immeuble, s'engagèrent dans un parking en sous-sol. « Ça paie pas de mine mais c'est cosy. » Dans l'ascenseur étroit, ils bloquaient la fille de leurs corps tendus, l'un d'eux lui bâillonnait la bouche. Au troisième étage, Yan ouvrit une porte, saisit Line par la nuque et la projeta sur un canapé. Il jeta sa veste sur une table basse, regarda ses complices. « Vous pouvez lever le camp. Restez quand même dans les parages. » Les deux frères hésitèrent, jetèrent un œil à Line recroquevillée sur le sofa et claquèrent la porte. Les mains sur les hanches, le ton aviné, Yan semblait réfléchir en tanguant sur place. « Tu vas me raconter toutes tes cachoteries, Line. » Il rajouta d'un air menaçant : « Qu'est-ce que t'as foutu à Shanghai, bordel ? » Elle ne répondait pas, asphyxiée par la peur. « Mais d'abord, je vais pisser – menaçant toujours. Tu ne bouges pas. »

Il disparut derrière une porte, elle entendit un coup porté contre une cloison, des jurons. Elle regardait autour d'elle, paniquée. Elle aperçut la veste, rampa vers la table, fouilla dans les poches. Des clés, un portable. Elle composait le numéro de Vincent quand il ouvrit la porte. « Qu'est-ce que tu fais, putain ? »

Elle se cramponna au téléphone, il le lui arracha des mains, se jeta sur elle. Elle voulut crier, il plaqua sa main contre sa bouche, les yeux exorbités, soufflant une haleine aigre : « Si tu cries, je te tue ! » Sa main glissa de la bouche à la gorge, il serra. De l'autre, il tentait d'arracher le jogging de Line. Elle revit le visage de Brad dans un brouillard, la grimace, la plongée dans les abîmes empoisonnés, la douleur. Plus jamais d'humiliation. Plus jamais ça.

Elle étouffait, il marmonnait en pétrissant son corps. Quand il empoigna son pubis, elle se ramassa, releva les jambes violemment en s'aidant d'un coup de rein. Il y eut un claquement sec – une viande jetée sur un étal –, un beuglement vibra dans la pièce et Yan roula en boule sur le plancher. Line bondit sur la porte pendant qu'il vagissait comme un animal blessé.

Elle dévalait les escaliers en suffoquant, courait vers la porte du hall quand une ombre sortit derrière l'escalier. C'était un des frères, le plus jeune. Il la regardait, tétanisé, prêt à bondir. Dans les hauteurs, une plainte sourde se prolongeait en braiements de rage. Elle ne bougeait pas, le fixait, souffle précipité, cœur battant à 100 à l'heure. Il leva les yeux vers l'escalier. « Casse-toi, j'ai rien vu. »

Ils se garèrent le plus près possible de l'entrepôt, sur une place dégagée. Un samedi soir de fin juillet il n'y avait personne dans la zone marchande, juste quelques lumières au loin. Ils avançaient dans la rue, entre chien et loup, capuche sur la tête, foulard sur le nez. Ils longèrent la vitrine d'Immo 93 plongée dans le noir, progressèrent en silence jusqu'au hangar. Pas de lumière sous la porte, pas un bruit à l'intérieur. Ils se regardèrent. Jef sortit le pied-de-biche du sac à dos, Vincent s'adossa à la paroi métallique, les mains jointes. Karim faisait le guet entre les voitures. Jef se hissa contre Vincent, testa son équilibre, brisa d'un coup discret l'objectif des deux caméras.

« Il n'y a pas d'alarme. On passe aux choses sérieuses », chuchota-t-il en sautant à terre. Karim tenait son Taser en main, Jef fouilla dans son sac, tendit un petit pistolet à Vincent.

« Prends ça. C'est des balles à blanc. Rien de méchant mais ça intimide. » Vincent hésita, glissa l'engin dans sa ceinture.

« Une dernière chose. » Karim leur distribuait des gants de cuisine en latex. « Désolé, il n'y avait que du rose fluo », dit-il en plissant les yeux.

Jef se cala contre la porte, chercha le point de serrure, ajusta le croc du pied-de-biche, tira d'un coup sec et arracha le cylindre dans un grincement métallique. Ils entrèrent dans le noir, se figèrent pour écouter mais il n'y avait que le silence. Jef tâtonna près de la porte, appuya sur l'interrupteur et les néons s'allumèrent en clignotant. Le hangar était vide, avec toujours les mêmes piles de cartons sous blister au fond. Sur le sol en béton, il y avait des taches d'huile à la place du 4 × 4, un bidon d'essence traînait dans un coin. Restait le bureau à l'étage.

« Regardez quand même derrière les cartons, voyez si vous trouvez quelque chose. » Vincent les laissa fouiner et grimpa l'escalier métallique.

Il poussa la porte, alluma une lampe sur le bureau. A droite, sous la vitre qui donnait côté hangar, trônait un canapé pleine peau. Plus loin, des étagères et un vestiaire métallique, fermé par un cadenas. Vincent retourna sur ses pas, appela Jef et les deux garçons rappliquèrent quatre à quatre.

Deux secondes pour faire sauter la serrure et Vincent ouvrit le casier. Il n'y avait rien, juste un costume et des chemises suspendues à des cintres. Sauf sur l'intérieur de la porte, entièrement recouverte de photos scotchées à la paroi, dans le plus grand désordre. Des photos de Line sous tous les angles, visiblement prises à la dérobée dans les rues de Belleville, au téléobjectif, ou avec un portable discret, dans des réunions de famille. Vincent s'agenouilla. A sa hauteur, une autre photo, professionnelle cette fois, tirée d'un magazine de mode. On voyait Line, maquillée et court vêtue, la pose boudeuse, assise sur un tabouret. La photo était souillée de taches blanchâtres et Vincent claqua la porte avec fureur.

« Le gros malade », dit Karim à voix basse et il regarda Jef, gêné. Vincent leur tournait le dos. « Retournez en bas, je m'occupe de l'étage. » Ils s'éclipsèrent en silence et Vincent continua à chercher un indice, à essayer de comprendre. Sur le mur, il vit d'autres clichés, de Yan cette fois, soigneusement encadrés ceux-là. Mêmes photos arrogantes que celles vues chez Immo 93. Un petit malfrat mégalomane posant avec des hommes d'affaires, ou des escrocs de même calibre. Une colère froide montait en lui à l'idée que Line était toujours sous son emprise.

Il se dirigea vers le casier, le balança avec fracas. Sur le bureau, il attrapa un presse-papiers, le lança contre la vitre qui vola en éclats. Le portemanteau, à côté de la porte, lui servit de masse pour balayer les cadres au mur. Quant aux dossiers qui traînaient sur le plateau, il les jetait au sol à mesure qu'il les parcourait. La colère montait toujours, une fureur incontrôlable. Il passerait la nuit à écumer le hangar. Tout Belleville, s'il le fallait. Dans le fond du dernier tiroir, sous une pile de dossiers, il discerna une enveloppe vieillie, comme bosselée par un objet. Elle avait été recollée et recouverte de gros scotch au niveau de l'ouverture. Il déchira le tout.

Au rez-de-chaussée Jef et Karim fouillaient le hangar, éventraient les cartons d'électroménager. Jef ricana, grimpa sur une pile, arracha un micro-ondes de son emballage et le projeta sur le béton. Il attaquait la deuxième pile quand Karim lui posa la main sur l'épaule. « Tu sais ce que tu fais, mec ? » et il montra l'appellation inscrite sous le blister. « Des écrans plats. Des plasma. » Ils les sortaient des cartons quand Vincent descendit l'escalier. Il était blême, l'air effondré. L'enveloppe matelassée à la main. « Le fils de pute, il murmura à voix basse. On s'arrache. »

Ils avaient remis capuche et foulard, se pressaient vers la voiture. Jef et Karim portaient chacun un carton, le regard brillant d'un enfant le jour de Noël. Ils entassaient les téléviseurs dans le coffre quand Karim les arrêta. « J'ai oublié un truc. Attendez-moi, moteur allumé. »

Dans le hangar, il se dirigea vers les cartons éventrés d'où dépassait la paille d'emballage. Il fit deux pelotes bien compactes, chercha des yeux le bidon d'essence.

« Ça, c'est pour la reum de Vincent, dit-il en lançant la première boule de feu dans les cartons. Et ça, c'est pour ma côte cassée. Enculé. » Il jeta l'autre boule enflammée, balança le bidon à la suite et repartit en courant.

« J'ai toujours rêvé d'être pompier », il annonça en se jetant à l'arrière de la voiture qui démarrait.

Sur le chemin du retour, le silence s'installa dans l'habitacle. A un carrefour, Vincent crut voir à nouveau Hang mais ce n'était qu'un jeune Chinois élégant qui sortait en ville. Tandis qu'ils s'éloignaient, le hangar s'embrasait dans la nuit d'Aubervilliers.

22

Anaïs Benoit appuya sur le bouton, il y eut un bruit de mécanique déréglée et le gobelet tomba, suivi d'un filet de jus noirâtre. La pendule murale indiquait 8 heures, les bureaux étaient déserts. Une heure de tranquillité avant que le planton entame son service de garde. On frappa au carreau, elle ouvrit au jeune stagiaire, referma derrière lui.

Yassine restait près du seuil, elle lui fit signe d'approcher. Une question lui brûlait les lèvres.

« Votre collègue, on peut le joindre le week-end ?

— Comment ça ?

— Pour en savoir plus sur le filmage. Rue de Turenne.

— C'est peut-être pas la peine. »

Il avait l'air déconfit, elle comprit.

« Je crois que j'ai fait une connerie, dit-il en sortant la clé USB de sa poche.

— Une copie ! Si ça se sait, ça peut faire invalider l'enquête.

— J'ai cru que ça nous ferait gagner du temps. »

Elle pensait aux sous-entendus comminatoires de Lefèvre, aux vieux brigadiers prêts à lui savonner la planche au moindre faux pas.

« N'en perdons pas. On a trente minutes, pas plus.

— Désolé. »

Il engagea la clé d'un air piteux, pianota, cliqua sur le fichier de la séquence. L'angle de vue était optimal, la qualité d'image très correcte – on pouvait même lire la plaque du Cayenne. Ils sélectionnèrent la partie intéressante, repassèrent la scène pour trouver un indice qui leur aurait échappé. Stationnement du 4 × 4, arrivée de Vincent, esclandre devant la façade du restaurant. Puis l'irruption des deux hommes de main de Yan – identifiables eux aussi –, le combat désordonné et l'arrivée du scooter. La collision volontaire. Le corps roulant sur la chaussée, la fuite du Cayenne, le départ des deux garçons. Ils firent défiler image par image l'impact du 4 × 4, espérant identifier le chauffeur malgré les vitres fumées.

« C'est un fou furieux, dit la lieutenante. Il faut faire quelque chose avant qu'il y ait des morts.

— C'est clair.

— Peu importe les consignes » – elle chuchotait pour elle-même.

Il la regardait sans comprendre.

« On devrait pouvoir lancer une enquête préliminaire – elle se concentrait.

— Et pour le délai ?

— Je vais voir qui joindre à la Crim' – un sourire avisé. Moi aussi, j'ai quelques contacts. »

Il se dirigea vers la porte. Sans lever la tête, elle lâcha :

« Prenez la porte de secours, au fond à gauche. Je vous rappelle plus tard. »

Vincent ouvrit les yeux comme s'il n'avait jamais dormi. Il était rentré au petit matin, s'était assoupi, mais ce court sommeil n'avait pas suffi à éteindre le feu qui le rongeait.

Ils avaient passé les premières heures de la nuit à rôder dans Belleville, comme si leur présence pouvait faire surgir la silhouette de Line au coin d'une rue. Au deuxième passage d'une patrouille de la BAC, ils avaient déposé les téléviseurs chez Karim, abandonné la voiture dans une contre-allée. De guerre lasse, ils s'étaient échoués à l'Etoile de Tunis, où Nasser les avait laissés noyer leur échec dans l'alcool de figue, réfugiés dans l'arrière-salle. Ils s'étaient séparés aux premières lueurs de l'aube, ivres et mutiques, chacun partant de son côté sans se retourner.

Assommé par la gueule de bois, Vincent s'extirpa du lit comme d'un marécage. Son portable affichait un message. « Tout va bien. » Brutalement réveillé, il rappela le numéro affiché, écouta la tonalité le cœur battant. Une voix douce répondit.

« Tu m'as manqué. Enormément.

— Toi aussi tu m'as manqué. Tu es où ?

— Rue de Turenne. Chez mes parents.

— Il faut qu'on se voie – il regarda dans la pièce. J'ai une chose importante à te dire.

— Moi aussi. Où ?

— Il y a un bar à République. L'Indiana Café.

— Je connais. Quand ?

— Le plus vite possible – il devina son sourire. J'y suis dans trente minutes. Après, nous irons au restaurant.

— Quel restaurant ?

— Chez ton père.

— Tu es sérieux ?

— Très. Mais avant, il faut que je te parle. C'est important.

— A tout de suite.

— A tout de suite. »

Le même écho en miroir, qui se perdait dans un « mon amour » silencieux. Il s'habilla vite, un jean et une chemise claire, hésita entre prendre le métro ou y aller à pied, la main sur la poignée de porte. Il se retourna. L'enveloppe. Il regarda sous le lit, sur le bureau, et même dans la douche. L'enveloppe n'était pas là. Il dévala l'escalier, priant qu'elle soit restée à l'Etoile de Tunis après cette nuit d'ivresse.

Il arriva à l'Indiana Café avec dix minutes de retard, en sueur d'avoir couru, à la fois soulagé et anxieux d'avoir retrouvé l'enveloppe chez Nasser. Il s'arrêta au centre de la salle, la chercha des yeux en un lent panoramique tendu.

Elle était assise dans le fond, derrière une colonne, ses cheveux détachés cachaient son visage. Elle voulut se lever en le voyant, il s'assit contre elle sur la banquette. Ils s'embrassèrent longuement, doucement, voluptueusement avant de prononcer un mot. Ils se détachèrent l'un de l'autre, se regardèrent comme s'ils étaient ivres.

« Ça va ? demanda Vincent dans un murmure.

— Ça va. Je te raconterai tout. Mais pas maintenant.

— Moi aussi, j'ai des choses à t'annoncer. Pas que des bonnes nouvelles. »

Il semblait désolé de devoir gâcher leurs retrouvailles, elle le rassura avec un sourire gêné.

« Après Shanghai, tu peux tout me dire. »

« C'était vraiment indispensable ? »

Marie-Paule se tenait face à Vincent, devant l'entrée du Royal Mandarin. Elle paraissait inquiète, il s'efforça de rester calme, de sourire un peu.

« Il n'y avait pas d'autre solution – il sourit plus franchement. Je te présente Line. »

Elles se serrèrent la main, chacune faisant un effort pour sauver les apparences d'une politesse neutre. La dureté et la douceur réunies. Ils entrèrent dans le restaurant en plein coup de feu, un serveur se précipita puis, voyant Line, se tourna vers la caisse. Ils avancèrent vers la deuxième salle, la jeune femme en tête.

Ils étaient à leur place, lui assis devant la colonne, consultant ses messages, elle derrière la caisse, plongée dans ses comptes. Li toisa les trois silhouettes qui lui faisaient face, immobiles. Il se tourna vers madame Li qui ne bougeait pas. « Passons à côté. » Il se leva pesamment, marqua un temps d'arrêt devant sa femme

– « Je te rejoins », dit-elle. Il leur fit signe d'entrer, referma les lourds rideaux d'un coup sec.

La salle des banquets était vaste, avec des tables à nappe blanche, éclairées par des plafonniers tamisés. Il désigna la tablée centrale, prit place face au groupe, tel un accusé devant un jury populaire. Un serveur passa une tête, Li s'avança vers lui, chuchota des consignes à son oreille. Puis il resta debout, une main dans une poche, dévisageant Vincent, sans un regard pour les deux femmes.

« Je mesure ton culot, jeune homme. Ton goût de la provocation – il durcit le ton. Tu viens chez moi, à nouveau. Qu'est-ce que tu veux ?

— La vérité, dit Vincent. Tout simplement la vérité. »

Li hésitait, les jaugeait du regard. Line ne disait rien, partagée entre la gêne et la douleur pour ce qui s'annonçait.

« Ne le prends pas de haut, garçon. La vérité... Comme si c'était si simple. Et que font ma fille et – il hésita – Marie-Paule ici ? Tu les as enrôlées dans ta croisade ?

— Vous ne pensez pas qu'elles ont besoin de savoir ? »

Sous la nappe, Vincent serrait l'enveloppe. Face à lui, monsieur Li cachait mal son agacement.

« Tu n'as que le mot "vérité" à la bouche. Alors sois franc. De quoi parles-tu ?

— De l'incendie. Par exemple.

— Nous y voilà. Décidément. Je suis le coupable idéal, n'est-ce pas ?

— Je n'ai pas dit ça.

— Mais tu l'as pensé très fort. Comme la police. »

Li continuait son va-et-vient, indifférent aux regards posés sur lui.

« J'ai été convoqué comme un vulgaire délinquant. Je l'ai dit à cette lieutenante : je n'ai rien à voir avec cette affaire. Même si je suis au courant, bien sûr. Les rumeurs circulent vite à Belleville. »

Le serveur approchait avec un plateau – bières, sodas, thé – qu'il déposa au centre de la table. Monsieur Li prit une bière, replongea l'autre main dans sa poche. Il but une gorgée, s'éclaircit la voix, regarda Marie-Paule.

« Je suis désolé pour toi. Je te l'ai assez fait savoir, non ? »

Vincent les regardait, abasourdi.

« On s'est vus il y a deux jours, dit-elle sans regarder Vincent – elle hésita. Xiao propose de racheter le fonds de commerce.

— Tu vends le restaurant ? Et tu ne m'as rien dit ?

— Arrête avec ce ton indigné, Vincent. Je t'en aurais parlé mais ce sont *mes* affaires, d'accord ? »

Un calme pesant s'installait, Line regardait Vincent, Marie-Paule, son père, appréhendant la suite. Marie-Paule sortit une cigarette de sa poche, Li acquiesça en silence. Elle l'alluma, inspira profondément, rejeta un long soupir enfumé.

« Je connais Xiao depuis plus de vingt ans – elle reprit une bouffée. Il a travaillé au restaurant, à nos débuts.

— Je sais, dit Vincent. Je sais tout ça.

— Tu as mené ta propre enquête, dit Li. Tu es un petit malin. »

Il ménageait ses effets, allant et venant devant la table. Un avocat plus qu'un accusé.

« Alors tu dois savoir que j'étais commis de cuisine. C'était il y a longtemps. Le petit cuistot chinois. Le bon travailleur de service – un ton railleur. Et pas cher, en plus.

— Je ne t'ai jamais traité comme ça, dit Marie-Paule en secouant la tête.

— Oh toi, non. Mais Hang. »

Vincent s'était tétanisé en entendant prononcer le prénom. Line toucha discrètement sa main sous la table, sentit le contact de l'enveloppe. Li continua sur sa lancée.

« Le petit paysan du Wenzhou. Le plouc avec de la merde aux pieds. C'est comme ça qu'il m'appelait, non ? Marie-Paule. Dis-leur...

— Ça suffit. »

Marie-Paule se voûtait sur sa chaise. Elle leva les yeux vers Li, défaite. Il reprit d'un ton sec.

« Dis-le... que vous alliez divorcer.

— Tais-toi. »

Il y eut un silence, accablant. Et les yeux de Vincent sur le profil de Marie-Paule.

« C'est pas vrai, dit-il. Vous étiez complices, c'est ça ?

— Assez ! »

Elle tourna la tête vers lui, le visage plus dur qu'il ne l'avait jamais vu.

« Tu ne connais rien de cette histoire.

— Tu ne m'en as jamais parlé. Tu aurais dû.

— Tu te permets de me juger ? Tu avais à peine un an quand il est... parti.

— Tu aurais pu m'en parler plus tard.

— J'essayais d'oublier. On ne construit rien avec des souvenirs. Ni avec des regrets. »

Les bras en appui sur une chaise, Li était penché vers la table. Marie-Paule écrasa le mégot comme on broie une braise mal éteinte.

« Quelque chose s'était brisé – les yeux perdus au loin. Il était devenu invivable, il ne supportait plus rien. »

Vincent tentait de se projeter dans un passé inconnu mais tout ce qu'il voyait, c'était le visage de Hang, souriant sur une photo d'époque.

« On a tout perdu, là-bas, reprit Marie-Paule. Lui, plus encore. Il n'a jamais digéré l'exode. Moi, je tentais d'oublier.

— Il faut dire qu'on ne l'a pas trop aidé, ajouta Li. Pour ce qui est d'aller de l'avant. Avec la vieille sorcière... »

Vincent se crispait, Line sentit son bras se contracter sous la table.

« Qu'est-ce que vous dites ?

— Toujours à ressasser. Saïgon et ses souvenirs – il fixait Vincent. Ta grand-mère. Pour elle, je n'existais pas, elle ne m'adressait jamais la parole au restaurant. Mais j'avais des oreilles.

— Elle ne nous a pas beaucoup aidés », souffla Marie-Paule.

Elle fouillait dans son paquet de cigarettes, Li reprit ses allées et venues.

« Toujours les mêmes reproches, à tout le monde. Sauf à Hang, bien sûr. La belle vie, c'était avant. Avant le

Vietminh. Et les “Chinois rouges” – il ricana. Elle devait me confondre avec eux, j’imagine – il reprit une gorgée de bière.

— Elle détestait Paris, ajouta Marie-Paule. Elle ne s’y est jamais faite.

— Mais Hang, relança Vincent avec impatience. Le restaurant marchait, non ? »

Marie-Paule secoua la tête.

« La vie ne valait rien pour lui, ici. Il avait connu mieux. Il ne supportait pas ce qu’il nommait sa déchéance.

— Sa déchéance », répéta Vincent – il avait l’impression de découvrir une histoire de famille appartenant à des étrangers.

« C’est ce qu’il croyait, reprit Marie-Paule. Il avait fini par me voir comme un témoin de sa chute. Moi j’étais prête à le suivre. Partout – elle se recroquevilla un peu plus. C’était trop tard. Il était resté là-bas. On allait se séparer et...

— Vous alliez faire votre vie ensemble », coupa Vincent en les regardant – il avait repris un ton fiévreux, une colère qui ne demandait qu’à s’exprimer. Il regardait Li comme s’il allait se jeter sur lui.

« Ça vous arrangeait bien, cet accident !

— Vincent », siffla Marie-Paule. Elle semblait stupéfaite. « Tu entends ce que tu dis ?

— Laisse-le parler, dit monsieur Li. Qu’il aille jusqu’au bout de sa pensée. »

Vincent eut une petite grimace glacée.

« Et si ce n'était pas un accident ? »

Marie-Paule eut un regard affolé autour d'elle, comme si elle cherchait les témoins de cette folie. Li posa sa bière sur la table, s'assit face à sa fille mais c'est le garçon qu'il regardait.

« Ça t'arrange bien de chercher un coupable à tes malheurs, reprit-il, sans le quitter des yeux. Monsieur Li – il fit des crochets ironiques avec les doigts –, "celui qui a réussi". On ne prête qu'aux riches. Ça tombe bien, n'est-ce pas ? – il fixa Vincent. Les flics m'ont interrogé, à l'époque. Et ils ont conclu à un accident, que tu le veuilles ou non. Je n'étais rien, je n'avais rien. A part être chinois. Une merde d'immigré. C'est ça que tu me reproches ? »

Vincent ne l'écoutait plus. De vaines paroles, un flot inutile qui brouillait le raisonnement. Lui tenait tout entre ses mains.

« Et ça, ça arrange qui ? » cria Vincent en abattant l'enveloppe sur la table.

Les premières photos s'éparpillèrent, un objet roula sur la table, que Vincent rattrapa aussitôt. Les deux femmes s'étaient penchées, Marie-Paule regarda Vincent, puis Li qui n'avait pas bougé de sa chaise. Elle était livide.

« La bague de Hang. Tu l'as trouvée où ?

— Ce sera pour plus tard – il poussa les photos vers Marie-Paule. Jette un œil là-dessus. »

Trois tirages un peu passés, pris à la volée parmi une foule en cercle autour d'un corps allongé sur la chaussée. Boulevard de Belleville. Le corps désarticulé de Hang, face contre terre, mais dont on distinguait bien une partie du profil.

Li paraissait pétrifié puis il se ressaisit, reprit son air imperturbable.

« D'où tu tiens ça ?

— Quelle importance puisque ça existe, lâcha Vincent.

— Petit con.

— Papa ! »

Tous se retournèrent vers Line. Pâle comme un fantôme – un fantôme à longue chevelure noire –, elle regardait son père. Calme, froide, elle n'était pas en colère, elle souffrait.

« Tu nous dois des explications, dit-elle à voix basse, sur un ton qui ne supportait pas la contradiction. Tu n'y échapperas pas. »

L'homme d'affaires semblait s'être tassé sur la chaise. L'avocat redevenait l'accusé. Monsieur Li s'adressait toujours à Vincent.

« Si tu me laisses m'expliquer, dit-il dans un souffle.

— Vous l'avez tué, oui ou non ? » cria Vincent.

Il s'était levé à demi, prêt à se jeter sur lui. Il attendait un aveu, une victoire et une capitulation.

« C'est le père de Yan, dit une voix claire à l'autre bout de la salle. Mon demi-frère », ajouta madame Li en approchant. Elle se plaça à côté de son mari, une main sur son épaule. Elle répéta : « Celui qui a pris les photos, c'est mon demi-frère. C'est lui qui a tué Hang. » Line regardait ses parents, toujours serrée contre Vincent. Marie-Paule s'effondrait un peu plus.

« Comment pouvez-vous en être si sûre ? répliqua Vincent d'un ton buté.

— Parce qu'il me l'a dit ! s'exclama Li. Qu'est-ce que tu crois ? Tu voulais la vérité, non ? »

Vincent soutenait le regard plein de mépris de Li. Il sentait la colère tourner à la confusion, il continua.

« Et il s'appelle comment, ce salaud ?

— Quelle importance. Il est mort depuis longtemps. »

C'est Li qui avait lâché cette nouvelle bombe, puis sa femme leva la main pour reprendre la parole. Line la précéda.

« Vous ne m'en avez jamais parlé, dit-elle tristement.

— Tu n'étais pas née quand c'est arrivé, dit madame Li. T'en parler dix ans, vingt ans après, à quoi bon ? On ne parle pas du déshonneur jeté sur la famille. On essaie d'oublier – un murmure en forme de confession. Il a fallu s'occuper de Yan, aussi. Pendant un certain temps.

— Mais c'était son père, justement, s'écria Line. Yan non plus ne m'en a jamais parlé.

— Ç'a été un tel choc, ajouta Li. Il ne l'a pas supporté. »

Il leva la tête vers sa femme, comme pour qu'elle l'approuve.

« Il avait une dizaine d'années quand son père est mort – un silence pensif. Après, il n'y a plus jamais fait allusion. Il l'a idéalisé. J'ai bien peur qu'il ait pris le même chemin. »

Il se tourna vers sa femme, effleura la main posée sur son épaule, l'air exténué.

« Raconte-leur, toi – un soupir de lassitude. Je n'en ai plus la force. »

Campée contre son mari, madame Li n'avait pas bougé d'un pouce. Elle fixait un point au-dessus de leurs têtes, obstinément concentrée.

« Mon demi-frère nous a rejoints, quelque temps après notre arrivée en France – un silence. C'était dur pour tout le monde en Chine.

— On l'a aidé pour le passage, ajouta Li. On a payé en partie sa dette.

— Nous n'avions rien à voir ensemble, continua madame Li. Mais c'était la famille.

— Pour nous, l'affaire était close, dit Li, d'un ton dépité. Pas pour lui. Il revenait sans cesse à la charge.

— Il a fait des pieds et des mains pour rester dans notre sillage, poursuivit-elle. Soi-disant pour "nous rendre service". Nous ne voulions pas. Il avait de mauvaises fréquentations. Avant même d'arriver en France – un soupir. Ici, ça a empiré.

— Je crois l'avoir croisé au restaurant, hasarda Marie-Paule. Il avait fait un esclandre, je me souviens. Il te réclamait de l'argent.

— Un pauvre type, lâcha Li, plongé dans des souvenirs douloureux. Il promettait, et il ne faisait jamais rien. Moi, je travaillais dur. J'avais des ambitions. Il m'en voulait pour ça. »

Line essayait d'imaginer le visage de cet oncle inconnu mais elle ne voyait que la grimace de Yan. Elle eut un frisson, resserra sa main sur celle de Vincent.

« Il devenait infréquentable, c'était une honte, reprit madame Li, plus bas. Le pire, c'est qu'il a éduqué Yan avec ses valeurs.

— La force vaut plus que le droit, ajouta Li. Voilà ce qu'il a légué à Yan.

— Mais d'où viennent ces photos, coupa Vincent en poussant les clichés vers monsieur Li qui retira sa main de la table. Qui les a faites ?

— Je te l'ai dit, il voulait prouver qui il était.

— Il aurait agi de son propre chef, sans raison valable ? » Vincent secoua la tête. « Je n'y crois pas. Il y a autre chose.

— C'était un type dangereux et il voulait qu'on le respecte pour ça.

— Raconte la suite, Xiao, dit madame Li. Qu'ils sachent tout. »

Elle regardait le trio, imperturbable, et Vincent devina qu'elle était la face cachée de l'entreprise Li, la partie immergée de l'iceberg. Li se lissa les paupières pour chasser la fatigue, se redressa sur sa chaise, réajusta le masque de l'homme d'affaires inflexible.

« Il était capable de tout. De revenir sur le lieu de son crime cinq minutes après. Et de prendre des photos, comme un simple badaud dans la foule. Il commençait à s'en vanter, d'ailleurs. Il était fou mais pas idiot. »

Il laissa passer un silence, et chaque bribe de l'histoire semblait être un coup douloureux porté à son intégrité, un morceau arraché à la statue qu'il s'était construite pendant près de trente ans.

« Il voulait me faire chanter, dit-il, accablé. Salir ma réputation. Il est venu tout me raconter, trois jours après “l’accident” – un ton plus aigre. Le temps de faire développer les photos. Je m’apprêtais à monter ma première affaire. J’arrivais à peine à m’en sortir...

— Il savait que Xiao avait eu un accrochage avec Hang, ajouta madame Li. Il en a profité.

— Hang m’avait humilié devant des clients, dit Li à voix basse. Je ne l’ai pas supporté. On s’est battu.

— Je m’en souviens, dit Marie-Paule. C’était effrayant. Dans la salle, au milieu des gens. Hang avait porté plainte.

— Avec la main courante chez les flics, il me tenait, conclut Li. Il était incontrôlable. »

Il avait baissé la tête, épaules voûtées. Line le découvrait. Elle ne l’avait jamais vu comme ça. Parler de choses si intimes. Quelque chose la gênait encore. Elle hésita, puis s’adressa à lui.

« Il est mort comment ?

— Ils l’ont repêché dans le canal de l’Ourcq, répondit Li à voix basse.

— Comment ça repêché ?

— Noyé. Ivre mort.

— Il buvait beaucoup », ajouta madame Li.

Le silence s’était à nouveau installé. Marie-Paule hésitait à allumer une autre cigarette, Vincent observait Li avec un sourire serré.

« Ça fait beaucoup de morts – il hésita – ... autour de vous. »

Li se redressa, regarda Vincent. Il paraissait abattu. Une lueur de colère s'installa un instant puis il reprit son masque.

« Qu'est-ce que tu veux me dire ? Il avait deux grammes d'alcool dans le sang. Tu ne me crois pas ? Renseigne-toi. Vois avec la police si ça te chante. Poursuis ta quête de vérité. »

La tension ne baissait pas. Madame Li prit place sur une chaise, évitant le regard de Marie-Paule. Line se détacha imperceptiblement de Vincent, gênée par son acrimonie, troublée par les confessions de son père. Li reprit sa bière, la finit d'une traite, la leva vers Vincent.

« J'ai beaucoup parlé. A ton tour. D'où viennent ces photos ? »

Il sondait le visage de Vincent et Line aussi le regardait.

« Ça a vraiment de l'importance ? demanda Vincent, mal à l'aise.

— Bien sûr que ça a de l'importance, dit Li avec un sourire ironique. Pour la vérité, non ? »

Vincent était écarlate, pris à son propre piège. Il sentait les regards posés sur lui, recouvra ses esprits dans un long soupir d'aveu.

« Chez Yan. Je les ai trouvées chez Yan. Dans son hangar à Aubervilliers.

— Le hangar qui a brûlé hier soir ? »

Madame Li ne cillait pas, Line savait. Marie-Paule restait muette, effarée par cette avalanche d'informations. Li jouait avec la bouteille de bière.

« Tu dois le savoir – il avait repris un ton cassant. Rien ne m'échappe à Belleville. Même chose à Aubervilliers.

— Et vous n'avez rien fait, répondit Vincent sur le même ton.

— Pardon ?

— Pour une fois l'essentiel vous a échappé. Le plus important.

— Laisse, Vincent. Je vais tout leur dire. »

Comme dans un souffle, Line raconta l'arrivée à Paris. Le passage chez Vincent et le rapt de Yan, l'appel au secours désespéré, la fuite. Madame Li s'était penchée vers sa fille et Marie-Paule aussi s'était rapprochée. Line évita de rentrer dans les détails les plus scabreux mais son réquisitoire était explicite. Puis elle se tourna vers Vincent, bouleversée, prit son bras sur la table. Li tourna la tête vers une fenêtre, et Vincent remarqua ses mains massives et pâles, qui serraient un dossier de chaise à le broyer. Vincent hésita, puis sortit d'autres photos de sous la nappe.

« Dans un tiroir du bureau de Yan, il y avait ça, aussi. »

Vincent posa les clichés de Line sur la table. Li s'approcha, y jeta un œil, les retourna aussitôt. Il restait calme, et pourtant il donnait l'impression de pouvoir exploser à tout moment.

« Pour l'incendie, ce n'était pas prévu au programme, dit Vincent.

— Peu m'importe les affaires de mon neveu – Li le regardait fixement. Mais détruis-moi ces saloperies. »

Dans la première salle, les serveurs louvoyaient entre les tables bruyantes, se croisaient dans l'allée qui menait aux cuisines ; madame Li avait remis ses lunettes fumées, et depuis la caisse, elle apostrophait un garçon qui retournait sur ses pas, un plateau de crustacés sur les bras. Line et Vincent s'apprêtaient à sortir quand Marie-Paule posa sa main sur l'épaule de son fils. « Attendez-moi dehors, j'en ai pour deux minutes. »

Face au comptoir de réception, Li vérifiait les réservations avec le chef de rang. Il s'interrompit en la voyant s'approcher.

« Je ne suis pas sûre que cette "réunion de famille" était bien nécessaire, dit-elle à voix basse, comme si elle s'excusait du dérangement.

— Au contraire, répondit monsieur Li. Il faut toujours finir par crever l'abcès. Même si ça prend du temps. Même s'il reste la douleur. »

Elle sourit faiblement. Par-dessus son épaule, elle apercevait le masque de madame Li, son rouge aux lèvres, sa permanente et ses lunettes fumées.

« Pour la transaction, je crois que je vais attendre encore un peu. Prendre du recul après toute cette folie.

— Comme tu veux, dit-il sans ciller. J'attendrai. »

Marie-Paule sortit dans le soleil, respira un grand coup, regarda autour d'elle. Vincent et Line se tenaient discrètement enlacés dans un recoin d'ombre, hors de vue du restaurant. Elle s'approcha avec un petit pincement à l'estomac. Quelque chose se libérait en elle face à ces deux silhouettes, si jeunes, si tendres. De jeunes pousses qui résistaient vaille que vaille aux tempêtes de l'existence.

« Je ne voulais pas t'inquiéter avec ça, Vincent – elle hésitait, montrant l'entrée du restaurant. Je ne pouvais pas savoir.

— Dis-moi », répondit-il. Il avait l'air soulagé, lavé de toute tension. Inaltérable.

« Dao. Elle a fait une complication cardiaque. Ils l'ont placée en coma artificiel. »

Muet, il eut un petit rictus calme, comme pour tenter d'inverser celui qui tirait la bouche de Marie-Paule vers le bas.

« Je m'en doutais – il continuait de sourire pour la rassurer. Ton regard tout à l'heure, en rentrant. On va aller la voir, ne t'en fais pas.

— Je vous accompagne », dit Line en se serrant un peu plus contre lui.

Ils prirent le trottoir au soleil, trois silhouettes qui s'éloignaient lentement dans une rue déserte menant à République. Le passé, le présent et peut-être l'avenir, réunis.

23

« Ce n'était pas à prendre au pied de la lettre, ma chère, dit-il en faisant tourner un verre de saint-émilion Clos Fourtet entre ses doigts. Vous allez vous ruiner.

— J'y tiens beaucoup, répondit Line dans un demi-sourire. Sans vous, qui sait au fond de quelle arrière-cuisine je serais.

— Ou sur quels genoux », ajouta-t-il, avec toujours cette ironie malicieuse sur le bout des lèvres. C'était plus fort que lui.

Pierre Leroy était arrivé trois jours auparavant pour finaliser un partenariat avec une galerie parisienne renommée. Les affaires tournaient bien, sa réputation à Shanghai ne faisait que croître et pourtant, sous l'élégance vestimentaire et les bonnes manières, il était fatigué. Il était lassé des allers-retours autour du globe, éprouvé par les décalages horaires, revenu des avant-premières et du marché de l'art. Encore quelques années et il raccrocherait les gants, revendrait à bon prix les galeries de Shanghai. Il rejoindrait définitivement son pied-à-terre parisien, un confortable trois-pièces avec vue imprenable sur la cour du musée Picasso. Méditerait sur la folle course du monde en se promenant, mains derrière le dos, sur les berges de la Seine. En attendant, il était fatigué.

Il se ressaisit, sourit à cette jeune fille qui l'observait d'un air intrigué, le menton sur une main.

« A quoi rêviez-vous ? demanda-t-elle et le visage du galeriste s'éclaira, comme si elle lisait dans ses pensées brumeuses.

— A l'avenir, bien sûr. Je songeais à y faire de beaux restes, même s'il est derrière moi » – ses yeux pétillaient à nouveau.

Le rire franc de Line découvrit des dents éclatantes sur une bouche à peine maquillée, ses yeux – deux amandes noires – se plissèrent. Il était sous le charme.

« Pour vous, en revanche, tous les feux sont au vert.

— Vous croyez ?

— C'est certain – il força son regard. Belle, brillante, intelligente, sensible... vos armes sont redoutables – il la regarda plus attentivement encore. Vous êtes très élégante, en noir. Une vraie Parisienne. »

Elle semblait un peu gênée mais pas trop, et il nota une assurance qu'il n'avait pas remarquée à Shanghai. Une pointe de gravité derrière le rire. Sa jeunesse lui donnait de l'énergie, ravivait son attention pour les parcours en devenir, son appétence pour les entreprises un peu folles. Régénéré, il servit le vin, posa la bouteille avec une mimique de satisfaction.

« On ne s'en lasse pas. Dites-moi, Line, j'ai regardé la série de photos que vous m'avez envoyée par le net.

— Oui, dit-elle en penchant la tête – elle avait imperceptiblement pâli.

— Votre ami est doué – il eut un hochement de confirmation. C'est très très bon. Et j'en ai vu passer, croyez-moi, des portfolios de photographes en tous genres. »

Elle l'écoutait, le cœur accélérant à peine tant ce jugement de valeur lui semblait évident. Elle avait vu défiler sur l'écran de Vincent les sélections drastiques qu'il opérait – une cinquantaine de clichés, pas plus, sur les milliers pris en un an – et elle savait qu'il avait du talent.

« Il y a chez lui quelque chose d'intense, de fiévreux qu'on trouve surtout chez les autodidactes. Il fait quoi dans la vie ?

— Il a laissé tomber la fac de droit, dit-elle avec une mimique boudeuse, puis un regard franc. Il survit comme serveur, en attendant.

— Un réfractaire. Quelqu'un qui s'est déjà frotté au réel. Parfait ! Il y a une dimension sociale dans son travail qui ne vous a pas échappé, j'imagine ?

— Oui, j'aime beaucoup ce qu'il fait », et ils pouffèrent de rire à l'unisson.

Ça faisait longtemps que Pierre Leroy n'avait pas ressenti une telle complicité, une telle spontanéité. Et rencontré un travail esthétique aussi affûté. Il avait rajeuni de dix ans.

« Bien. Il va falloir me présenter le chevalier servant, maintenant, dit-il en se concentrant. Il est au courant, de votre... initiative ?

— Non. Il est assez chatouilleux sur son travail.

— Il ne faudra pas trop poser à l'artiste maudit – l'œil qui frisait. C'est passé de mode depuis cinquante ans.

— Il est très lucide, répondit-elle. Peut-être trop.

— “La lucidité est la blessure la plus proche du soleil”, professa-t-il, à demi sérieux. René Char – il savoura son effet. Attention à ne pas se brûler les ailes, non plus.

— J'y veillerai, ne vous inquiétez pas. »

Il sortit un portable, fit défiler des contacts.

« Je vois un galeriste chez des amis, demain. Il représente, entre autres, Luc Delahaye, Nan Goldin, Martin Parr. Ça vous dit quelque chose ?

— Pas du tout.

— Aucune importance. Je vais organiser une rencontre. Je suis un intermédiaire qu'on s'arrache – il lui sourit –, sans vouloir me vanter. »

Elle lui rendit son sourire, un peu décontenancée. L'été n'était pas terminé, son retour de Shanghai datait de dix jours, elle avait fini ses études en juin. Tout arrivait si vite.

« C'est très gentil à vous, dit-elle en hésitant, mais que doit-on faire ? Je veux dire, pour Vincent.

— Restez comme vous êtes. Il faut simplement laisser agir les rencontres. Et le talent – un silence rassurant. Je me trompe rarement. Ce serait bien que je le voie avant, ce fameux Vincent. »

Ils continuèrent de bavarder avec une effervescence tranquille, de tout et de rien, du rythme infernal de Shanghai comparé à la torpeur de Paris au mois d'août, comme de vieux amis heureux de se retrouver. Le repas touchait à sa fin, le portable du galeriste vibra, le rappelant à un rendez-vous pressant. Elle régla l'addition malgré ses protestations. Ils se levèrent, lui ému, elle un peu fébrile, après ce qu'ils avaient vécu ensemble à Shanghai.

« Ce fut un plaisir, chère Line », dit-il sur le pas de la porte, esquissant un baisemain désuet, ravi que des silhouettes se retournent sur ce couple anachronique.

Line avait l'air préoccupée, comme si elle cherchait quelque chose.

« Il faudra que je vous parle de la Chine plus en détail, reprit-il sur le ton de la confidence. Du marché de l'art contemporain en pleine expansion, là-bas. Il y a de l'avenir pour les jeunes gens entreprenants comme vous et...

— Excusez-moi », dit Line en levant la main. Elle chancela sur place, regarda vers la salle puis se précipita aux toilettes.

Elle eut une nausée à peine contenue, poussa un battant de porte au jugé et se précipita sur l'abattant des WC. Elle vomit en deux trois spasmes violents, resta agrippée au rebord, pantelante, essoufflée. Elle s'était relevée, respirait prudemment devant le lavabo, s'observait dans la glace. La crise était passée. Elle se rinça la bouche, se passa de l'eau sur le visage, remonta vers la sortie. Pierre Leroy l'attendait sur le seuil, inquiet.

« Vous êtes pâle comme un mort, dit-il. Vous êtes sûre que tout va bien ?

— Ce n'est rien, assura-t-elle en s'efforçant de sourire. Je ne mange pas assez, ce doit être ça. »

Il la dévisagea, perplexe, regarda sa montre. « Je vais être en retard. Désolé de ne pouvoir vous accompagner. » Elle le rassura d'un geste, le laissant partir d'un pas encore alerte.

Line respira longuement plusieurs fois, adossée à la porte d'entrée. Des gens l'observaient, elle s'éloigna du restaurant. Une brise chaude accentuait l'atmosphère dilettante de la ville, pourtant elle avançait gorge serrée. Elle aperçut la croix verte d'une pharmacie un peu plus loin, franchit les portes coulissantes et la fraîcheur climatisée lui sauta au visage. « Je voudrais un test de grossesse, s'il vous plaît. »

Happée par la chaleur lourde du début d'après-midi, elle chancelait sur le trottoir, flottant dans un espace-temps clos comme une prison invisible, désorientée par le poids considérable d'un objet pas plus gros qu'un thermomètre, enfoui au fond de son sac à main. Par-delà les immeubles, des nuages moutonnaient, précurseurs d'orage. Les perspectives lumineuses tracées une demi-heure auparavant par le vieux galeriste s'étaient réduites à une croisée de chemins tortueux, plantée de deux panneaux : oui ou non. Enceinte ou pas ? D'un violeur ou d'un amant ? Une barre ou deux barres. Oui ou non. Chaque mot projeté sur chaque globe oculaire. La bulle éclata, elle restait au milieu du trottoir, devant la porte de la pharmacie. Elle regarda l'heure sur son portable, pressa le pas, s'engouffra dans la station de métro la plus proche. Elle avait un autre rendez-vous qu'elle ne pouvait rater.

Line avançait le long d'un square, protégée du soleil par l'ombre maigre des acacias qui avaient remplacé les vieux platanes moribonds. Au bout de la rue, derrière les immeubles bas, se dressait un réservoir d'eau. Elle était arrivée. Elle s'engagea dans l'entrée principale à sa gauche, croisa un employé municipal à qui elle demanda son chemin. Elle suivit une allée de pavés rectiligne, entourée des premières pierres tombales qui luisaient au soleil, avec quelques stèles ordinaires, parfois protégées par des arbres modestes. Des nuages lourds bourgeonnaient à l'horizon, cachant le soleil par intermittences, projetant des ombres parmi les tombes. Ici, pas de personnages illustres, pas de célébrités, seulement des gens qui avaient grandi et vécu à Belleville.

A cinquante mètres, elle aperçut des silhouettes regroupées devant un arbre plus imposant que les autres, un érable courbé qui dispensait un ombrage dense et frais sur les caveaux alentour. Elle chercha Vincent du regard, l'aperçut de dos, face à la stèle, dominant la petite assemblée d'une tête.

C'était une cérémonie en comité restreint, à l'image de ce qu'avait été la vie de Dao à Belleville, discrète et sans éclats. Line contourna les silhouettes et vint se placer en retrait de Marie-Paule, immobile. Elle comprit, à un mouvement à peine perceptible, que la mère de Vincent avait deviné sa présence.

Le caveau était une stèle simple en marbre noir, avec une seule inscription gravée en lettres dorées : « famille Chen ». Marie-Paule se souvint des incessantes discussions entre Hang et sa mère, à leur arrivée en France ; acquérir une concession était une des idées fixes de Dao depuis qu'elle avait fait le deuil de leur vie antérieure au Vietnam. Hang avait fini par céder à ses exigences, y compris celle, impérieuse, de revenir au nom originel qu'il avait jugé bon de faire franciser pour simplifier ses démarches professionnelles et faciliter sa nouvelle vie à Paris. Famille Chen. Tout ça était si loin. La fin du discours de bénédiction interrompit ses souvenirs, le maître de cérémonie fit signe aux porteurs d'approcher, le petit groupe s'écarta.

Vincent observait les gestes précis de la mise en terre du cercueil, le silence qui faisait ressortir une respiration, le crissement d'un soulier. Au-dessus des corps courbés à la manœuvre, les volutes d'un bouquet d'encens tournoyaient, enveloppant la scène de fumée bleue. Il déclencha une photo imaginaire, cadrant les porteurs en plongée, en équilibre au-dessus de la fosse, les costumes froissés par l'effort, la tension des cordes enfoncées dans le sol. Il repensait au portrait fait lors des premières visites à la clinique, à l'écheveau de rides sur la peau brune, au casque d'argent des cheveux drus, au profil de vieille squaw incroyablement beau qui retraçait toute une vie – presque un siècle – et il sourit. Marie-Paule lui jeta un coup d'œil furtif, son expression la toucha et la rassura à la fois. Le maître de cérémonie passa dans l'assistance, un plateau empli de terre à la main. Chacun prenait une poignée, la jetait sur le cercueil puis s'éloignait.

Vincent saisit la main de Marie-Paule, la dirigea quelques mètres plus loin, là où avaient lieu les condoléances. Un petit cercle attendait patiemment, pour la plupart des gens du quartier, de vieilles connaissances de Dao, des habitués du Dragon Céleste. Derrière se tenait le clan Li, une douzaine de personnes, les mêmes que Vincent avait servis lors du banquet, plus d'un mois auparavant. Toutes sauf Yan. Les silhouettes défilaient, chuchotant les paroles d'usage. Le corps massif de monsieur Li fermait le ban, immobile. Il regardait l'inhumation s'achever, les hommes du service funéraire s'effacer discrètement. A l'ombre de l'érable, Line observait Vincent.

Monsieur Li se tourna vers Marie-Paule, s'approcha, inclina la tête en murmurant quelques paroles. Puis il s'avança face au jeune métis. Par-dessus son épaule, Vincent remarqua une silhouette appuyée nonchalamment à une stèle voisine : Hang, en costume sombre à pochette de soie jaune. Ses cheveux noirs luisaient au soleil et il semblait sourire, avec une pointe d'ironie familière. Il s'évapora au moment où Vincent sentit l'étau de la main de Li se refermer sur la sienne.

« Elle a eu une belle vie. Pleine de creux et de bosses mais une belle, et une longue vie. C'est bien – un silence. Hang n'est plus seul au pays des ancêtres. »

Il relâcha la pression, désigna d'un coup de menton la bague à l'annulaire de Vincent.

« Très jolie bague. Elle aussi a retrouvé sa place. »

Il eut à peine un sourire, puis il s'éloigna de son pas lourd vers les silhouettes regroupées de son clan.

Line et Vincent fermaient la marche vers la sortie du cimetière. Main dans la main, ils avançaient lentement, essayant d'apprécier ce moment étrange et fragile, fait de tension et de soulagement, d'adieu définitif et de nouveau départ.

Des grondements lointains annonçaient l'imminence de l'orage, Line se serra contre Vincent.

« C'est curieux. Tout à l'heure, je t'ai vu sourire à mon père.

— Tu crois ?

— Lors des condoléances.

— Peut-être a-t-il dit quelque chose de touchant.

— Si c'est le cas, c'est une première.

— Va savoir. »

A l'entrée du cimetière, la plupart des visiteurs avaient disparu. Seule restait Marie-Paule, tenant avec chaleur la main d'un vieillard voûté en costume gris ; c'était un vétéran du Vietnam, à peu près aussi âgé que Dao, et qui avait ses habitudes au Dragon Céleste depuis les premiers jours. Il s'inclina une dernière fois devant Marie-Paule puis s'éloigna à pas menus sur le trottoir. Elle se retourna. Ses yeux étaient plus clairs que jamais, son sourire plus franc que d'habitude. Elle aussi, après la cérémonie, paraissait transformée.

« Je le connais bien, dit-elle en s'adressant au jeune couple. Il l'a accompagnée jusqu'au bout. Je le soupçonne d'avoir été le dernier béguin de ta grand-mère. »

Une ombre bougea sous l'auvent du bureau d'accueil pendant que Marie-Paule fouillait dans son sac. Elle avait repris son air préoccupé.

« Je file au restaurant, j'ai rendez-vous avec l'assureur – un regard vers Line. J'espère vous y voir quand tout sera réglé. »

En partant, elle croisa la lieutenante Benoit qui tendait la main à Vincent.

« Je peux vous parler ? demanda-t-elle en le regardant fixement. J'en ai pour une minute. »

Line s'écarta, la lieutenante entraîna Vincent vers l'ombre de l'accueil.

« Je n'ai pas voulu vous déranger pendant la cérémonie. J'ai préféré attendre.

— C'est gentil, merci.

— J'ai croisé monsieur Li, au passage. »

Vincent la regarda en souriant poliment, avec juste la distance nécessaire.

« Il a tenu à venir nous saluer. Les familles asiatiques respectent la tradition. Particulièrement les rites funéraires.

— Je comprends. Dites-moi – elle hésitait. Je n'ai pas vu Yan, le neveu de monsieur Li.

— C'est juste – un silence. Il n'était pas forcément le bienvenu. »

Elle le dévisageait sans animosité, mais avec quelque chose de trouble dans le regard. Quelque chose qui avait du mal à passer. Elle semblait circonspecte.

« Je tenais à vous informer en premier lieu – une légère tension dans l'attente. On a retrouvé sa voiture. La Porsche Cayenne.

— Oui...

— On l'a repêchée, ce matin. Très tôt – encore un silence. Dans le canal de l'Ourcq.

— ...

— Avec lui dedans. Et ses deux acolytes. »

Vincent ouvrit les yeux, marquant un étonnement sans calcul. Il se reprit.

« Je ne sais pas quoi vous dire – il hésita, le regard plus grave. Mais je ne peux pas dire que ça me bouleverse plus que ça.

— Je comprends. »

Ils se regardaient d'un air neutre, comme s'ils entérinaient la fatalité inéluctable de l'événement. Ni plus ni moins. Elle lui tendit une main sèche.

« Quoi qu'il en soit, l'enquête suit son cours. Je vous tiendrai informé.

— J'imagine. Au revoir, lieutenante.

— A bientôt, Vincent. »

Line l'attendait un peu plus loin, protégée du soleil par un abribus. Elle le vit approcher, les mains dans les poches, avec cette démarche un peu désinvolte qu'elle avait remarquée dès le premier soir. Elle se leva avec un petit pincement au cœur, priant que ce ne soit pas le symptôme d'un nouveau malaise. Vincent la regardait avec un sourire franc.

« Enfin seuls. Si on bougeait ?

— C'est qui cette meuf, demanda Line en surjouant la jalousie.

— Laisse tomber, une fliquette – il parodiait les affranchis. Elle avait des choses à me dire. »

Quelques gouttes larges et tièdes s'écrasèrent sur le bitume, ils pressèrent le pas.

« Moi aussi, j'ai beaucoup de choses à te dire.

— J'espère bien. On va où ?

— Je ne sais pas, aux Halles ? A Saint-Michel ? Il faudra que je te parle de tes photos, aussi.

— Ça me va. Saint-Michel, aussi. Ça nous changera de Belleville. »

REMERCIEMENTS

Parce que la naissance d'un roman est affaire de désirs, d'incertitudes mais aussi de rencontres, je tiens à rendre un hommage amical à celles et ceux que j'ai croisés à cette occasion et qui, par leurs paroles et leurs échos à mes interrogations, ont permis d'éclairer mon chemin d'écriture.

Par ordre d'apparition au générique de l'aventure : Isabelle Blanchard, Patrick Marty, Xu Ge Fei, Sacha Lin, Rui Wang, Fatia Guelmane, Marjolaine Chen, Jean-Marc Shu et Elise Trinh.

Ce volume a été composé
par INOVCOM

Cet ouvrage a été imprimé par
GRAFICA VENETA S.p.A.
pour le compte des Éditions Grasset
en avril 2015

PAPIER À BASE DE FIBRES CERTIFIÉES

Grasset s'engage pour l'environnement en réduisant l'empreinte carbone de ses livres. Celle de cet exemplaire est de :
850 g éq. CO_2
Rendez-vous sur www.grasset-durable.fr

Dépôt légal : mai 2015
N° d'édition : 18825
Imprimé en Italie